엄마의 마른 등을 만질 때

엄마의 마른 등을 만질 때

1판 1쇄 인쇄 2024년 3월 5일
1판 1쇄 발행 2024년 3월 11일

지은이 양정훈
발행처 (주)수오서재
발행인 황은희 장건태
책임편집 박세연
편집 최민화 마선영
디자인 권미리
마케팅 황혜란 안혜인
제작 제이오
주소 경기도 파주시 돌곶이길 170-2 (10883)
등록 2018년 10월 4일(제406-2018-000114호)
전화 031 955 9790
팩스 031 946 9796
전자우편 info@suobooks.com
홈페이지 www.suobooks.com
ISBN 979-11-93238-23-3 (03810) 책값은 뒤표지에 있습니다.

엄마의 마른 등을 만질 때

양정훈 지음

삶과 죽음의 경계에서

엄마 그리고 나

수오서재

차 례

3부

제자리에 있는 것들

4부

이팝나무 새순으로 돋아날 거라면

5부

오래 연습한 말

6부

너는 어떻게 나에게 왔을까

7부

정훈아 미안해

8부

슬픔이 슬픔에게

한정 없이 사랑하는 사람에게

먼 길을 헤매는 동안
제자리에서 기다리던 사람이 있었다

거실 바닥에 누워 윗집에서 베란다에 널어둔 샛노란 이불이 새파란 하늘에 날리는 걸 보고 있다. 사뿐사뿐 그러다 온 힘을 다해 펄럭. 바람을 따라 이불이 춤을 추는 동안 고향 집 베란다에는 초록색 플라스틱 채반 가득히 아버지가 따 온 고사리가 널려 있다. 맑은 총천연색 아침. 아까 씻어 내놓은 고사리는 반나절도 안 돼 바싹 말랐다. 아버지는 아침부터 저녁밥을 기다린다.

점심으로 셋이 자장면을 시켜 먹고 어머니와 아버지는 낮잠이 들었다. 노인 둘이 동시에 코 고는 소리는 달고 애틋해서 어느 층 현관문 열리고 닫힐 때 저 졸음 쫓을까 신경 쓰인다. 알 수 없는 일이다. 수십 년이 넘도록 고향 집 풍경은 날마다 계절마다 이랬을 텐데. 오늘에야 이 모습이 보였다. 저 소리가 들렸다.

큰 꿈이 좋은 것이라 배웠다. 그런 건 언제나 이 집 너머 바깥에 있었다. 아주 멀리 찾아간 것 같은데 훨씬 더 먼 곳이 보였다. 꼭 내가 닿을 수 없는 것들만 모아 꿈이라 이름 붙인 듯. 가장 먼 곳에 가장 좋은 삶이 있는 것처럼.

그런데 하루 종일 빈둥빈둥 늙은 부모와 나란히 누워 낮잠을 자고 있으면, 잠이 깬 어머니가 이제 네 머리도 세기 시작했다며 내 흰머리를 만지는 동안 돌아누운 아버지가 알게 모르게 웃으면, 이제야 의구심이 들기 시작한다.

어쩌면 처음부터 여기에 있었을까. 그 꿈. 부르고 좇고 발 구르던 숱한 내일들. 목마르고 애탔던 삶의 환희들. 저 먼 세상이 아니라 여기였을까.

'아름다운 동행'이라는 인터넷 커뮤니티가 있다. 암 환자들과 보호자들이 치료에 대한 정보, 삶과 죽음의 이야기를 나눈다. 완치를 알리는 글도 임종을 전하는 소식도 하루에 여럿 올라온다. 곧 일상으로 돌아갈 게 분명해 보였던 누군가는 고작 몇 주 사이에 죽음을 맞기도 한다.

어머니의 부고를 남긴 어떤 이의 글을 천천히 읽다가 어느 순간 아이디를 클릭해서 그가 지금껏 올린 기록을 전부 불러냈다. 두려움과 희망, 당혹감과 무력감, 분노와 슬픔, 기도와 단념. 암을 처음 발견했을 때부터 죽음에 이르기까지의 마음이 한 번에 쏟아진다.

사랑하는 이를 결국 떠나보낸 사람들이 일관되게 말하는 게 있다. 우리는 무지하고 사랑할 시간은 많지 않다는 것. 더 귀한 것과 덜 의미 있는 걸 언제나 헷갈렸다고. 한정 없이 사랑하는 이의 등을 쓰다듬을 시간은, 눈을 들여다보고 같이 웃고 울 시간은 생각보다 얼마 남지 않았더라고.

한번 부고를 전한 사람들은 다시 글을 올리지 않는다. 나는 그들이 그리움에 허덕이거나 구멍 같은 시간을 헤매는 게 아니라 한 사람을 보내고 나서야 마침내 배운 것들, 지금 사랑할 수 있는 사람을 더 깊이 사랑하기 위하여 돌아간 것이라고 믿는다.

어머니가 나물을 볶고 아버지는 수저를 놓는 저녁. 오래 헤맸던 먼 세상의 끝에서 우리는 결국 어디에 도착하는가 생각했다. 한참 헤매다 발견한 거기에도 코 고는 노인이나 잘 마른 산채나 아주 오래 사랑한 사람의 밥상 같은 게 처음과 같은 자리에서 기다리고 있을 것만 같았다.

1부

그럴 수 없는 일

저 꽃 이름이 뭐게?

민들레지 뭐야.

바보. 씀바귀 꽃인데.

같은 노란색에 같은 키, 같은 모양인데? 아니다, 자세히 보니 민들레는 꽃이 둥글고 씀바귀 꽃은 삐죽삐죽하다.

저건 뭐게? 저건, 저건?

엄마는 자꾸 비슷한 꽃의 이름을 묻는다. 또 틀리면 바보, 바보 하면서 다시 일러준다. 그때만 알아듣지 꽃 이름을 나는 홀랑 까먹고 좀처럼 구별하지 못했다.

나는 헤매고 엄마는 자꾸 찾아주었다.

온 봄을 그리 채웠다.

징조

"산부인과에 갔는데 배 속에 복수라고, 물 같은 게 조금 찼대. 큰 병원에 가봐야 한대."

엄마는 이렇게 말했다. 대전에 있는 대학병원 몇 곳에 전화를 돌렸지만 예약이 꽉 차서 2주 뒤에나 진료가 잡혔다고. 나는 배에 물이 찬다는 게 어떤 의미인지 알지 못했다.

일주일쯤 지났을까 이번에는 화장실 가는 데 문제가 생겼다. 배가 아프고 소변보는 것도 힘들고 조절도 되지 않았다. 엄마는 방광염인가 싶어 같은 산부인과를 다시 찾았다. 점잖던 의사는 큰 병원은 가보셨냐 묻더니 아직 못 갔다고 하자 얼른 가보시라 야단을 쳤다.

"이상하네. 그래도 너무 걱정하지 마."

비로소 상황을 조금 심각하게 받아들이기 시작했다. 하지만 큰 병은 아닐 것이다. 실은 믿는 구석이 있었다. 불과 석 달 전 서울의 대학병원 산부인과에서 검진을 받았고 아무 이상이 없었다.

엄마는 8년 전 유방암에 걸렸다. 병기는 깊지 않았지만 암세포가 여러 곳에 퍼져 있어 수술이 커졌다. 유방암 환자의 경우 완치까지 10년을 보는데 내내 호르몬 약을 먹어야 한다. 그런데 유방암에 쓰는 약이 자궁에는 도리어 안 좋은 영향을 미칠 수 있다. 유방암 검진에 맞춰 자궁에 혹시 특이한 변화가 있는지 함께 살펴야 한다.
약을 먹기 시작하자 역시나 처음에는 자궁벽이 두꺼워지는 부작용이 나타났다. 5년이 지나고 약을 바꿨는데 다행히 자궁은 정상을 되찾았다. 마침내 문제가 완전히 사라진 것 같다는 의사의 이야기를 들은 게 석 달 전이다. 이제 안심하고 2년 뒤에 보면 되겠다고. 종합검진을 따로 받은 지도 얼마 되지 않았다. 그러니 복수는 심각한 문제가 아닐 것이다.
간이나 다른 질환 때문에 복수가 차는 경우도 있다고 한다. 예약된 진료까지는 일주일이 남았다. 응급실로 들어가야 할까? 며칠 뒤엔 서울에서 아버지의 추적검사가 잡혀 있다. 불과 2년 전 아버지도 암 수술을 받았고 계속 진료를 보는 중이다. 엄마는 그 정도로 아픈 건 없다며 펄쩍 뛰었다. 일단 아버지 검진을 마치고 너도 대전에 같이 내려와 예약해둔 산부인과에 가면 된다며. 일주일 사이에 무슨 일이 있을까. 나 역시 그리 생각했다.

저 몸에 무슨 일이 일어날 거라곤 꿈에도 상상하지 못했다.

소란

아버지 검진을 마치고 대전에 도착한 밤이다. 엄마에게 갑자기 배가 뒤틀리는 통증이 찾아왔다. 우리는 예약 진료까지 사흘을 더 기다려서는 안 된다는 걸 알았다.

당장 대전에서 제일 큰 병원 응급실로 향했다. 배는 몇 시간 전보다 훨씬 부어올라 있었다. 급하게 이런저런 검사를 했는데 일단 복수가 가득 찬 건 분명하다는 말을 들었다. 응급실 의사는 배에 다 들어갈 수 없을 것처럼 보이는 커다란 바늘을 깊숙이 꽂아 넣더니 할 수 있는 한 최대치의 복수를 빼냈다. 붉고 탁한 물이 천천히 튜브를 지나 플라스틱 통으로 흘러내렸다.

정신을 차릴 수 없던 사이 하루가 지나고 몇 가지 추가 검사를 진행했다. 결과가 나왔다면서도 잠시 침묵하던 산부인과 전문의가 뱉은 첫마디가 이랬다.

"자궁에 암이 많이 찬 걸로 보여요."

도무지 이해할 수 없는 이상한 말이었다.

"네? 뭔가 착각이 있는 것 같은데. 얼마 전에 서울에 큰 병원에서 검사를 했거든요. 아무 이상이 없었거든요."

나는 떨리는 목소리로 따지듯 되물었다. 오진이 틀림없다.

엄마는 풀썩 주저앉는다.

"왜 그래 엄마. 잠깐만 있어 봐."

무엇을 직감했을까. 엄마는 고개를 푹 숙인 채 한참 동안 바닥만 보고 있었다.

그 밤이 어떻게 지났는지 모르겠다. 다음 날 아침 어제 봤던 의사보다 높은 직급의 산부인과 교수를 만났다. 그 역시 추가 검사에서도 결과가 같다며 자궁에 암이 차 있는 게 틀림없다고 말했다. 암 덩이가 너무 크고 다 퍼져서 수술이 어려울 수 있다며 이곳 말고 서울로 가는 게 어떻겠냐는 말을 덧붙였다.

이런 뭐 거지 같은 병원. 진단 하나 제대로 못 하는. 어떻게 그런 게 가능하냐며, 여기보다 더 큰 병원에서 아무 이상 없다고 말한 게 불과 얼마 전이라고 나는 언성을 높였다. 잠시 소란이 일었다. 엄마는 그만하라는 듯 내 손을 잡아당겼다. 그러나 입을 굳게 닫은 채 끝내 별다른 말이 없었다.

거짓말

그거 알아요?

별일 없니,
전화기 너머 당신이 물으면 나는 뚝 떨어져 내릴 때가 있던 거.

약을 좀 바꿔봅시다, 의사의 마른 목소리를 듣고 나와 새 약을 기다릴 때.
사직서를 쓰고 돌아와 집 앞 놀이터를 빙글빙글 돌 때.
우리는 여기까지인가 봅니다, 반대로 쓴 문자에 그의 침묵이 길어질 때.

그거 알아요?

응, 별일 없어요,
거짓말이 내가 당신에게 줄 수 있는 가장 용감한 대답일 때
가 있던 거.

진단

자궁내막암.

우선은 그래 보인다고 했다. 유방암에 이어 두 번째 암이다. 열두 시간이 넘는 수술을 마치고 8년이나 약을 먹는 중이었다. 게다가 아버지 역시 위암에 이어 폐암 진단을 받고 수술을 마친 뒤 추적검사를 하는 때였다. 내막암은 아마도 4기쯤 되었을 거라는 말도 들었다. 창밖으로 햇살이 너무 하얘서 이상할 정도로 병실 먼지들이 선명하게 떠다니던 7월의 마지막 날이었다.

4기라는 말을 들었을 때 누군가 가위로 싹둑 잘라낸 것처럼 그다음 말은 사라지고, 진료실을 나와 긴 복도를 한참 노려보던 기억 하나만 흐릿하게 남았다.

엊그제는 얼마 전까지 엄마를 진찰했던, 자궁에 아무 문제가 없다고 말했던 서울 병원 의사에게 찾아가 따져 물었다. 혹시 오진이라면 나는 그에게 무슨 짓을 할지 몰랐다. 의사는 절대 실수는 없었다고 말했다. 석 달 전 초음파 사진을 다시 봐도 이상한 데가 없다며 드물지만 이렇게 몇 달 사이 암이 생겨 2기, 3기로 진행되는 경우가 있다고 답했다. 기막혔다. 참을 수 없는 화가 치밀어 올랐다.

다른 아는 의사에게 전화를 걸었다. 대학병원에서 그걸 놓쳤을 리는 없을 거라며 진짜로 짧은 시간에 암이 급속히 자라서 퍼지는 사례가 있다는 같은 말이 돌아왔다. 아무래도 팔이 안으로 굽는가. 아니면 정말 엄마 몸에서 그런 말도 안 되는 일이 생긴 건가. 혼란뿐이었다.

일단 수술을 잘해줄 곳을 찾는 일이 급했다. 그 뒤에 뭐를 따져 묻든 소송을 하든 생각을 좀 해볼 수 있을 것 같았다. 응급실을 통해 들어간 대전의 대학병원은 아무래도 수술하기 싫은 눈치였다. 서울에서 다니던 병원으로 가는 게 낫지 않겠냐고 자꾸 권했다. 원래 병원으로 돌아가는 건 도무지 내키지 않는 일이었다. 여전히 그 병원 주치의가 제대로 진찰했더라면 이럴 리가 있냐는 의심을 지울 수 없다. 게다가 그는 당장 수술을 할 수도 없다고 말했다. 다른 수술이 잡혀 있으니 빨라야 2주 후가 될 거라고. 불과 몇 달 사이 암이 생기고 퍼졌다면서 다시 몇 주를 기다리라니. 그에게 엄마를 맡길 수 없었다.

이 사람 저 사람에게 전화를 걸고 자료를 찾고 이 병원 저 병원에 연락을 돌렸다. 그러다 누군가 어디 병원이 참 괜찮더라 했고 마침 그곳에 자궁암 분야에서 손에 꼽힌다는 의사가 있었다. 상황을 호소하자 당장 며칠 뒤 예약이 잡혔다. 병세가 심하면 이내 수술도 가능할 거라 했다.
대전 병원에서 일단 퇴원하고 집으로 돌아왔다. 엄마는 여전히 내면이 텅 빈 것처럼 보였다. 몇 번 울고, 이모들을 봤을 때는 신인지 운명인지 모를 대상을 원망했다. 그러나 대부분 말없이 세상에 문을 닫아버린 사람 같았다.
당장 서울로 올라갈 짐을 싸야 한다. 무엇을 어떻게 챙겨야 할까? 다시 올 때까지 얼마나 걸릴까? 우리는 무엇을 감당해야 하는 걸까? 어느 것 하나 예측할 수 없었다.

감

엄마의 고향 집 잠두마을 뒷산에 가을이 깊었다.

"아부지, 어디 가요, 자꾸?"

어린 정숙이가 물어도 아버지는 말없이 손목을 끌었다.

"어디 가요. 안 가요, 나."

아버지가 그제야 무심히 말했다.

"이제 아부지랑 저기 가서 둘이 살아."

정숙이가 놀라 자빠진다.

"언니들은요? 집은요? 안 가요, 나! 안 가! 안 가!"

그때 빨갛게 빨갛게 감이 붉었다.

소리 지르며 깬 엄마가 슬픈 눈으로 꿈 얘기를 들려준다.

"그런데 어쩜 홍시가 그렇게 붉은지 몰라."

그 말을 하며 가늘게 손을 떨었다. 나는 엄마를 꼭 안고 이렇게 말했다.

"다음에 또 외할아버지가 가자면, 나중에 아빠도 만나고 나도 만나야 해서 안 된다고 말해. 그런 가을 백 번쯤은 더 보내고, 그러고 가겠다고 해, 엄마."

집을 나서며

"나랑 여행 자주 갔잖아. 그렇게 싸면 돼. 없으면 다 사면 돼."

일주일 정도 여행 가는 짐이면 된다고 나는 아무것도 모르면서 아는 체 말했다. 속옷과 양말, 티셔츠 몇 개, 화장품 조금. 두 노인의 짐은 고작 기내용 캐리어 하나쯤 되었다.

그러나 다른 짐이 넘쳤다. 엄마는 집에 두면 상할 음식이며 아버지가 밭에서 가져다 둔 채소며 서울 올라가서 먹을 반찬을 챙겼다.

"이런 거 뭐 하러 가져가."

"그럼 다 버려? 다 썩게? 대전에 언제 올지 모르는데."

작은 실랑이가 벌어졌다. 몇 주 그냥 두어도 괜찮은 게 아니면 바리바리 가방에 담았다. 당신 짐의 곱절이 넘었다. 이 와중에 밥 한 톨 나물 한 젓가락 버릴 수 없었다. 나는 양손 넘치는 먹을거리가 화나기도 하고 가엾기도 하고 억울하기도 하였다.

불을 끄고 현관문을 닫으려니 엄마는 잠깐 나를 멈추고 빈 집을 빙 둘러보았다. 영수증 바구니가 반듯하게 정리된 선반과 컵 하나 허투루 놓지 않은 식탁. 물을 흠뻑 준 화분이 가지런히 햇빛을 받는 창.

"잘 있어, 다녀올게."

엄마는 나지막이 인사를 건넸다.

기다리는 일 역시 날마다 무언가를 하는 일이니 매일 쓰던 그릇이, 하루하루 아껴 키우던 꽃과 나무가 여기에서 엄마를 기다릴 것이다. 그 힘으로 딱 하루라도 빨리 돌아올 수 있으면 그로써 모두가 성실히 각자 맡은 일을 하는 것이다.

"잘 있어, 금방 올게."

나도 엄마를 따라 고향 집에 인사했다. 아버지도 무심히 뭐라 말했는데 너무 작은 목소리라 알아듣지 못했다.

붙잡고 싶은

새로운 병원의 의사는 아주 바빠 보였다. 진료실 앞부터 복도까지 대기 중인 환자가 꽉 차 있었다.

"별로 안 좋네요."

그는 우리가 가져간 자료를 잠시 훑어보고 길지 않게 엄마를 진찰하더니 바로 수술을 할 수 있을지는 장담하기 어렵다고 말했다. 심각한 경우에는 항암을 먼저 하고 그 뒤에 수술을 고려한다며. 어찌해야 좋을지 일단 응급실로 들어와 검사를 더 해보고 결정하자고.

며칠 동안 추가로 진행한 검사는 암담했다. 가슴, 폐, 옆구리, 복부, 자궁 여기저기 암으로 추측되는 게 보였다. 믿고 싶지 않은 결과에 정신이 아득해질 무렵 의사는 잠시 고민하더니 끝에 이리 말했다.
"그래도 수술을 해볼 수는 있겠네."
정신이 번쩍 들었다. 대신 아주 많은 부위를, 최대한 많은 장기를 절제하게 될 거라고 말했지만 수술을 할 수 있다는 그 말 한마디가 가장 크게 들렸다. 수술은 바로 며칠 뒤로 잡혔다. 진료실에서 나오자 엄마는 다리에 힘이 빠져 잠시 휘청거렸다.
"최고라는 의사가 수술할 수 있다잖아. 우리 그것만 생각해."
나는 이 말만 반복했다.

진료를 보고 검사 결과를 듣는 내내 의사의 말 한마디 한마디를 놓치지 않기 위해 안간힘을 썼다. 그래서일까 그 시간 그 자리에 다른 장면은 아무것도 기억나지 않았다. 엄마가 옆에서 어떤 표정을 지었나, 간호사가 하나였나 둘이었던가. 엄마 역시 그랬다. 암을 발견하고 의사를 만나고 어떤 말을 어떻게 들었는지 당신 생에 손꼽히는 강렬한 순간이 되레 희미하다고. 지난 일주일간 몇 번을 그랬다.
삶을 잠시 마비시킬 만큼 압도적인 시간이 안개처럼 희뿌옇다. 허물어지지 않기 위해 기억할 힘마저 마음이 다 가져다 버텼기 때문일지 모른다고 나는 생각했다. 온 힘으로 단 하나의 희망을 건져 올리고 싶어 다른 건 까맣게 놓아버렸는지 모른다.
그렇게 남은 말이 수술하자는 말이 되었다. 수술하면 돼. 이제 싹 고치면 돼. 나는 어제오늘 이 말만 되풀이한다. 계속 말하면 반드시 그리될 것 같았다.

이상한 산책

노인 둘이 병원 산책로를 걷는다.

여자는 중풍을 앓은 듯 보였다. 얼굴을 잔뜩 찡그리며 한참 들여 오른 다리 반 발짝을 겨우 앞으로 내어놓는다. 왼발은 반쯤 끌려 오른발을 따라붙는다. 지팡이는 몇 발짝 앞에 놓이기까지 여러 번 땅바닥을 더듬거린다. 저녁 바람이 모르게 불면 가늘고 흰 머리카락이 걸음보다 앞서 날렸다.

사내는 늘씬하고 허리가 유독 꼿꼿한 사람이다. 민머리에는 귀 쪽으로 흰 머리카락이 조금 남았다. 그는 특별히 다정한 것 없이 그저 딱 반걸음 뒤에서 여자를 따라 걷는다. 마르고 긴 다리는 한 번도 더듬어 걷는 여자를 앞서지 않는다.

있는 힘껏 내디뎌 이를 악물고 뻗는 발과
한참 기다리고 또 기다려 잊을 만하면 딛는 발이
같은 속도로 나아간다.

세상에서 가장 빠른 걸음과
세상에서 가장 느린 걸음이
꼭 맞아 걷는다.

곧고 뚜렷한 다리가 절룩 아픈 다리를
절대로 절대로 이기지 않았다.

병원과 사람들

소녀는 중증 장애인이었다. 커다란 휠체어에 앉아 있는데 혼자서는 겨우 손을 움직이거나 고개를 돌릴 수 있을 뿐이다. 그의 곁에는 엄마로 보이는 여성이 서 있다. 대기실에서 진료를 기다리는 동안 그들은 쉴 새 없이 떠든다. 소녀가 더듬더듬 무슨 말을 하면 여인은 헤프게 웃음을 터트린다. 또 여인이 뭐라고 속삭이면 이번에는 소녀가 웃느라 고개가 뒤로 넘어간다. 여인과 두 번쯤 눈이 마주쳤다. 너무 웃어서 미안한 눈치다. 그러나 저 요란한 대화를 멈추지 못했다.

그들과 멀지 않지 않은 거리에 또 다른 두 명의 여성이 있다. 한 사람은 여든이 훌쩍 넘어 보이는 노인이었고 다른 중년

여인은 그의 딸인 듯싶었다. 노인은 몸을 움직이는 게 힘들어 보였고 귀도 거의 들리지 않는 것 같았다. 딸은 노인에게 한 자 한 자 또박또박 발음하며 뭔가를 당부하고 있었는데, 이유는 모르겠으나 노인이 매일매일 혀를 둥글게 말았다가 풀었다가 하는 연습을 빼먹지 말아야 한다는 것이었다.
노인은 딸이 뭐라는지 좀처럼 알아듣지 못했다. 딸은 했던 말을 짜증 없이 반복하고 또 반복한다. 그리고 한 번 더, 한 번 더. 아무것도 늦지 않는다. 다만 시간이 조금 필요할 뿐이다. 한 음 한 음 끝내 노인에게 도착할 것이다.

누구도 대신할 수 없는 사람. 그의 가장 약하고 무른 곳에 안간힘을 다해 당신의 손을 얹는 것은, 최선의 손이 아무것도 할 수 없는 것은, 무력해서 아픈 것은, 아프고도 웃는 것은 도대체 무엇일까.
여기는 가장 날카롭게 삶을 조각내면서 동시에 아무래도 찾을 수 없었던 삶의 가장 귀한 조각 하나를 내어주는 곳이다.
세상에서 가장 이상한 곳이었다.

수술

수술실로 들어가기 위해 이동 침대 위에 누운 엄마는 가만 두면 금방이라도 굴러떨어질 듯 온몸을 떨었다. 이를 악물고 침착한 모습을 보여주고 싶어 했지만 몸이 말을 듣지 않는다.

"엄마가 얼마나 대단한 사람인 줄 알지?"

나는 그리 말했던 것 같다. 작은 몸에 짐작할 수 없는 힘을 감춘 사람. 견딜 것이다. 엄마는 그 말에 고개를 끄덕였던 것 같다. 아니다, 조금 울었던 것 같다. 아니다, 어쩌면 잠시 웃어줬던 것도 같다.

분명하지 않은 표정 대신에 전광판에 쓰여 있던 '수술 중 이정숙'이라는 글씨는 지나치게 선명했다. 한 칸 한 칸 느리게 가던 시계의 초침도 또렷했다. 엄마는 모호하고 흐릿한데 엄마를 뺀 세상만 날카로울 만큼 분명해 보였다.

의사는 긴 수술이 될 거라 말했다. 수술실에 들어간 지 두 시간쯤 지났다. 잠시 바깥 공기가 쐬고 싶어 병원 1층으로 내려와 막 로비 문을 나서는데 모르는 번호로 전화가 왔다.
"이정숙 님 보호자시죠? 지금 수술 중에 교수님이 급히 보자고 하셔서. 수술실 앞으로 바로 오시겠어요?"
온몸에 털이 곤두섰다. 4층 수술실을 향해 계단을 뛰어오르다 다리에 힘이 풀려 몇 번을 휘청였다.
의사는 문을 열고 나와 디지털카메라를 꺼냈다.
"우리가 수술하면서 사진을 다 찍거든. 이 사진 좀 볼래요? 여기 이렇게."
그는 다짜고짜 엄마의 배를 열고 찍은 장기 사진을 보여줬다. 화면 안에는 붉은 덩어리가 가득 차 있었다. 나는 그걸 쳐다볼 수도, 눈을 돌릴 수도 없었다. 정신을 차릴 수도 없었다. 의사가 이런 사진을 찍기도 한다는 걸, 그걸 보호자에게 보여주기도 한다는 걸, 가족의 몸을 갈라 가까이 찍은 사진을 이를 악물고 들여다봐야 할 때도 있다는 걸 처음 알았다.

"최대한 절제를 해볼 생각으로 배를 열었는데 이런 거야. 이렇게 좁쌀 같은 건 CT에도 안 나오고 배를 열기 전에는 몰라. 소장이랑 근처 장기까지 암이 좁쌀처럼 퍼져 있어요. 이러면 절제해도 소용없어. 다 없앨 수가 없거든. CT에서는 목이랑 심장 쪽에도 뭐가 좀 있다고 나오고. 이러면 4기 말이지 뭐. 수술로는 안 되고 항암제로 해보는 수밖에 없어. 그래서 자궁이랑 난소까지만 절제하고. 일단 수술은 거기까지만 하는 걸로."

파종성 전이.
암은 자궁 바깥에 퍼져 주변 장기까지 작은 씨처럼 빽빽이 돋았다. 세상의 불이 다 꺼져버렸다.

2부

다
이렇게 사는 줄
알았어

내 손이 엄청 못생겨졌어!

아휴, 할머니 손이 이 정도면 예쁜 거야.

나 할머니 아니거든? 여자거든?

당연한데 자주 잊는다.

당신이 여든이 되어도 아흔이 되어도,

당신 안에 같은 모습으로 눈부신 한 사람을.

침상

여든 살 아내가 아흔의 사내를 돌보고 있다.

젊은 의사는 녹초가 된 환자 대신 보호자에게 남편 변의 색깔을 거듭 물었다. 여자는 귀가 어두워 한 번에 알아듣지 못하고 더듬더듬 답하다 결국 의사의 핀잔을 듣는다. 가래를 아무 곳에나 뱉으려는 남편을 막으며 휴지를 가지러 화장실로 뛰박질하고, 아무리 귀 기울여 애써도 간호사의 말을 이해하지 못해 또 한마디 듣는다.

아이고, 선생님 죄송합니다. 제가 뭘 몰라서.

나는 오늘도 수십 번 그녀가 머리 숙여 사과하는 것을 지켜보았다. 키오스크 작동법을 몰라 창구 직원 앞에서 고개 떨구는 것을, 그리 하루 종일 미안하다가 복도 구석에서 병원 밖 먼 산을 향해 창가만 서성이는 것을 나는 또 몇 번이나 발견하고 말았다.

밤이면 창으로 산 그림자 가만히 내려와 병실을 나눠 쓰는 우리를 같이 덮었다. 매일 밤 죄가 없이 죄가 많았다. 들이치는 무지와 미련함을 감당할 재간이 없었다. 어쩌자고 이리 맹한 몸인가. 마냥 모자란 머린가.

다른 이름은 다 지우고 아무개의 보호자 오직 그뿐인 날들. 간이침상의 삐그덕 소리는 모로 누워도 그칠 줄 모른다.

희소암

수술 결과가 나왔다. 수술실에서 잘라낸 암 조직을 가지고 먼저 1차 검사를 하고 더 정확히는 따로 2차를 진행한다. 그 최종 결과가 나온 것이다. 같은 부위에 생겼다고 다 같은 암이 아니다. 암에도 여러 종류와 성질이 있었다. 의사는 뜻밖의 얘기를 꺼냈다.

"육종암이라는 게 있어요."

설명을 들으면서도 그게 뭔지 짐작할 수 없었다. 집에 돌아와 이것저것 찾아본 뒤에야 얼마나 지독한 암인지 알았다. 보통의 경우 암이 생긴 위치에 따라 위암, 폐암, 유방암, 자궁암 등 구분하여 이름을 붙인다. 하지만 암종을 분석하면 대부분 '선암'에 속한다. 몸에서 분비작용을 하는 이런저런 샘腺을 타고 생기는 암이라는 뜻이다. 그런데 육종암은 이런 선암과 달리 근육이나 뼈에 생기는 암이다. 전체 암 환자의 고작 1퍼센트에 해당한다. 선암보다 훨씬 까다롭고 예후가 좋지 않다. 재발도 잦다. 암 중에서도 이른바 독종이다.

"그런데 문제가 또 있는데. 육종암이면 육종암, 선암이면 선암. 이런 게 아니라 환자 분은 두 개가 뒤섞여 있어서."

그 역시 한참 더 알아보고 나서야 이해했다. MMMT라고 부르는 암이었다. 저 지독한 육종암보다 훨씬 다루기 힘든 희소암. 연구도 별로 되지 않았고 쓸 수 있는 항암제도 제한될 뿐더러 그마저 잘 듣지 않는다.

며칠을 두고 인터넷을 뒤졌다. 약이 많지 않다는 말. 이 암을 잘 아는 의사도 적다는 말. 1기, 4기를 막론하고 5년 생존율이 20퍼센트도 못 미친다는 말. 2년 내 사망이 다수라는 말. 온통 끔찍한 얘기뿐이었다.

엄마가 투병을 시작하며 나는 속으로 다짐했던 게 하나 있었다. 사실을 정직하게 말하자. 병이 너무 깊으니까. 엄마는 사실을 알 권리가 있고 당신의 병을 바로 들여다보며 필요한 선택을 할 수 있어야 하니까. 생각하고 또 생각했다. 그러나 막상 그런 순간이 찾아왔을 때 나는 서둘러 말을 지웠다. 의사 얘기가 대체 무슨 뜻이냐고 묻는 엄마에게 거짓말을 섞는다.

"암에도 종류가 있는데, 그게 다른 사람보다 좀 드문 암이래. 그래도 약이랑 치료 과정이 다 있으니까 크게 걱정할 건 아니고. 조금 고생될 수 있나 봐."

다짐보다 중요한 건 무엇이었을까.

전국노래자랑

칠순의 노인이 구순의 어머니를 모시고 돌아가신 아버지를 그리며 '불효자는 웁니다'를 부른다. 노래를 따라 흥얼거리다 엄마가 주룩 도둑비같이 흐른 눈물을 감췄다.

엄마도 엄마가 보고 싶었다.

요양병원

암 요양병원을 알아보는 중이다. 수술을 마치고 입원해 있는 동안 같은 병실을 썼던 환자들 대부분은 항암을 제외한 기간에 암 요양병원이라는 곳에서 지낸다고 했다. 항암 부작용이 너무 심해서 따로 관리가 필요하고 음식도 가려야 하며 각종 보조 치료도 받기 위해서라고.

일리가 있었다. 인터넷에는 항암 이후 장에 천공이 생겨 얼마 만에 돌아가셨다, 패혈증이 와서 중환자실에서 고비를 맞았다 등 지나칠 수 없는 경험담이 넘쳐났다. 어떤 항암 부작용이 어떻게 엄마에게 나타날지 아무도 예측할 수 없었다. 요양병원에는 적어도 의사와 간호사가 있다. 그러면 혹시 모를 위급한 상황은 모면할 수 있지 않을까.

문제는 돈이었다. 어떤 암 요양병원은 한 달에 5백만 원 정도를 내야 들어갈 수 있고 저렴한 병원도 최소 백 이상은 들었다. 보험사에서 나오는 비용을 따져보며 근처에 많이 간다는 몇 군데 중 가격이 너무 비싼 곳을 빼고 목록을 추렸다.

서울과 경기에는 정말 많은 암 요양병원이 있다. 최대한 자연 가까이면 좋겠지만 접근성이 떨어지는 게 문제다. 엄마와 자주 만나는 게 어려운 일이 될 거다. 본 병원에 오가는 데 시간도 오래 걸린다. 그렇다고 도시 한복판에 세워진 빌딩 속 요양병원은 산책할 곳도 마땅치 않은 작은 감옥 같았다.

매일 한 군데씩 목록의 병원을 찾아가 둘러봤다. 맘에 드는 곳은 어디도 없었다. 같은 병실에서 친해진 다른 환자가 추천한 곳은 턱없이 비쌌고, 교외로 조금 빠지는 곳은 음식과 시설이 너무 낡았다. 새로 생겼다는 병원은 이른바 돈 되는 치료를 강권했다.

그러다가 일산 암병원과 30분, 서울 집과는 한 시간 정도 떨어진 부천까지 둘러보게 됐다. 다른 곳과 달리 규모가 상당했다. 의사가 여럿 있고 바로 옆 언덕길로 산책도 가능했다. 진료실도 많고 치료실, 재활 운동실까지 제법 병원 구색을 갖췄다. 엄마 역시 이곳이 제일 낫겠다고 말했다.

사실 엄마는 처음에 이런저런 얘기를 들으며 요양병원에서 보조 치료를 받으면 아무래도 도움이 되겠다 생각했지만 막상 병원을 둘러보면서는 고민이 좀 되는 것 같았다. 몇 주씩 나와 떨어져 지내야 한다는 게 점점 두려운 눈치다. 아프기 전에는 TV에서, 주변 사람 이야기에서 요양병원이 언급될 때 이런 말을 꺼낸 적도 있었다.

"거기 들어가서 더 아픈 사람도 많대."

하지만 희소암이다. 더 독한 항암제를 쓰게 될 거라 했다. 더 심각한 부작용이 생길 수 있다는 뜻이다. 나는 엄마가 요양병원에 머무는 게 최선이라고 설득했다.

"어쨌든 병원을 찾았으니 다행이야."

차를 운전하며 집으로 돌아오는 길에 흘깃흘깃 엄마의 옆모습을 훔쳐본다. 대전, 암센터, 우리 집, 거기에 요양병원까지. 엄마의 거처가 이렇게 한 곳 더 늘었다. 모르는 이와 방을 나눠 쓰며 낯선 곳에 적응하기란 고단할 것이다. 긴 투병 중에 하나둘 살림이 늘어난 환자들을 닮아갈 것이다. 저녁 햇빛이 차창에 쏟아져 엄마 얼굴에 불그레 물이 들었다.

국

가만히 옆에 앉아 마른 등을 만질 때.

울툭불툭 튀어나온 등뼈를 쓰다듬을 때.

뼈와 뼈 사이 골짜기만큼 슬픔이 깊을 때.

당신 엄마가 되어주고 싶다고 생각한 때가 있다.

아가 그래도 힘껏 버텼구나.

당신보다 먼저 당신보다 늦게까지 울다가

퉁퉁 부은 눈을 감추고

하얀 두부가 듬성듬성 들어간 북엇국을 끓이고

아가 아파도 밥은 먹고 아프자.

식은 국을 다시 데우다 폭삭 안아버리고 싶었다.

정거장

유년의 기억은 언제나 정거장 어디쯤 멈춰 선다. 아무리 기다려도 오지 않는 버스를 참 열심히 기다리던 그때 엄마 나이가 지금의 내 나이쯤 되었다.

국민학교가 끝나고 집에 돌아오면 단칸방에 책가방을 던져두고 저녁까지 동네를 헤집으며 놀았다. 비석까기와 구슬치기, 고무줄놀이. 양말 바닥이 까맣게 될 때쯤 상모야, 밥 먹어! 수길아, 지현아, 이제 들어와야지! 하나둘 친구들의 이름이 불렸다.

모두 집으로 돌아가면 혼자 큰길 버스 정거장에 나가 엄마를 기다렸다. 828번, 829번. 버스 두 대가 오가던 정거장 앞에는 구멍가게가 있었고, 구멍가게 앞에는 작은 평상이 놓여 있었다. 아이스크림 하나 사 먹지 않으면서 평상에 전세를 내고 누웠다가 앉았다가 엄마가 올 때까지 그 앞을 떠나지 않았다. 만화영화, 드라마에서 주워들은 노래를 부르고 또 불렀다. 상상 속에 무대를 만들고 주인공이 되어 누구를 구하거나 물리치기도 했다. 아니면 애꿎은 동네 개에게 심통을 부릴 때도 있었다. 버스가 서고 사람들이 떼 지어 내리면 저기 어디 엄마가 있을까 평상 끝에 작은 키로 까치발을 들었다. 뭐야, 씨. 이번에도 애먼 사람들만 잔뜩 붐볐다.

한 시간, 두 시간을 넘길 때도 있었다. 아무리 기다려도 퇴근하지 않는 엄마가 미웠던 적 있었나. 모르겠다. 대신에 엄마를 데려오지 않는 버스는 자주 원망했다. 그냥 지나는 버스의 뒤창을 향해 돌멩이를 던졌다.

엄마에게도 엄마의 정거장이 있었다.

"그날은 있잖아. 다 때려치우고 싶었어."

보험설계사로 30년을 일했다. 결혼 후 10년이 되도록 아이가 생기지 않아 속이 곪을 대로 곪은 후에야 나를 가졌다. 그리 어렵게 낳은 자식을 친정엄마에게 언니에게 동생에게 맡기고 돈을 벌러 나가야 할 만큼 살림은 신산했다.

어느 날 퇴직하는 보험설계사 선배가 계약자를 한 명 소개했다. 청주에서 작은 여관을 운영한다는 여자였다. 당시에는 인터넷 가입도 없었고 자동이체도 없었다. 누가 보험을 들겠다 하면 만사 제쳐놓고 아무리 멀어도 쫓아가 자필서명을 받아야 했다. 청주까지는 왕복 네 시간. 통화하며 몇 번이나 약속을 확인했다.

버스를 수차례 갈아타고 물어물어 도착한 여관. 약속 시간이 지나고 있는데 문은 굳게 닫혀 인기척이 없었다. 공중전화에서 아무리 번호를 눌러도 상대는 전화를 받지 않았다. 무슨 급한 일로 자리를 비웠을까. 그러는 사이 30분이 지났다. 날씨가 험궂어 비가 퍼붓기 시작했다. 이대로 그냥 돌아가는 건 차마 억울해서 못 할 일이다. 괘씸하기도 했다. 한 시간을 여관 앞에 쪼그리고 앉아 기다렸다. 좁은 처마 밑에서 아무리 피해도 빗물이 무릎 넘어 젖어 올랐다.

두 시간이 훌쩍 지났을 때. 저기 여자 하나가 보이는데 곧장 여관 문을 향해 걸어왔다. 어머! 그는 엄마를 보고는 화들짝 놀랐다. 내 정신 좀 봐. 어쩐대, 홀랑 까먹었네. 한 손에는 우산이 다른 손에는 목욕 바구니가 들려 있었다. 화를 낼 수도 없었다. 이 사람에게 보험을 팔아야 하니까. 이 사람의 서명을 받아 가야 하니까. 여관에 따라 들어가 다정한 목소리로 상품을 설명하고 준비해간 가입 선물을 건넸다.
예쁘게 인사하고 나와 장대비를 헤쳐 정거장 앞에 섰다. 몇 대의 버스가 지났지만 모두 다른 곳으로 가는 번호였다. 큰길 모퉁이를 돌아 나오는 버스의 번호판이 비에 가려 흐릿했다. 그날 엄마의 버스도 쉽게 오지 않았다. 그 뒤로도 어떤 날, 또 다른 어떤 날 엄마의 버스도 제때 도착하지 않았다.

"맨날 애먼 버스만 오갔어."
내가 말했다.
"응, 맨날맨날 그랬지."
엄마가 답했다. 나는 문득 언제부터 그 정거장에 나가지 않게 된 것인지, 엄마의 버스를 기다리지 않았던 것인지 궁금했다. 슬프지는 않고 다만 조금 더 오래 엄마를 기다리면 어땠을까. 해가 길어지는 봄 저녁, 늦은 버스의 이쪽과 저쪽에서 이지러지던 마음. 나는 그마저 애틋하고 그리운데 엄마도 그럴까, 아니면 그 시절 그 고생 지긋지긋해 뒤돌아보기도 싫을까, 혼자 생각했다.

항암

아버지는 고향으로 돌아갔다. 얼마가 될지 모르는 투병 기간 동안 여든에 가까운 아버지가 병원에 머물 수는 없는 노릇이었다.

"자주 올라오면 되지."

발걸음이 떨어지지 않는 아버지를 엄마는 며칠 동안 달랬다. 두 번이나 암을 겪어낸 아버지였다. 또 고향 집에는 당신이 돌봐야 하는 밭과 살림이 있었다.

엄마의 항암이 시작됐다. 약한 혈관이 터질 수 있어 오른쪽 쇄골 아래에는 케모포트라 불리는 작은 기계를 심었다. 암의 종류에 맞춰 정해진 두 종류의 항암제를 사흘 동안 맞는다. 월요일에 입원해서 항암제 부작용을 대비하는 약을 먼저 놓고 화요일부터 목요일까지 항암제를 주입한다. 항암제를 다 맞으면 또 몇 가지 부작용 완화 약물을 주사하고 하루 동안 상태를 관찰한다. 이상이 없으면 금요일에 퇴원하는 일정이다. 이렇게 일주일을 보내면 2주를 쉬고 다시 반복한다. 내 스케줄도 엄마의 항암에 따라 바뀌었다. 3주마다 일주일씩 통으로 병원에서 보내는 일정. 글 쓰는 직업은 상대적으로 시간 쓰는 게 자유로워 이럴 때 도움이 된다. 다른 일을 맡고 있는 회사도 있었지만 다행히 날마다 출근하는 자리는 아니었다.

첫 항암의 어떤 모습은 눈을 감아도 사라지지 않을 만큼 새롭고 강렬했다. 이를테면 독한 약이 어디 다른 곳에 튀거나 오염될까 봐 비닐 옷을 입은 간호사가 항암제를 갈아 거는 장면. 깡마른 엄마가 항암제를 맞으며 수십 킬로 짐을 들 듯 천천히 힘겹게 눈꺼풀을 들어 올리는 장면. 그 눈으로 가만히 간이침대에 누운 나를 내려다보는 장면. 하얗고 조그마한 손을 뻗어 내 손가락을 잡는 장면. 한 시간에도 몇 번씩 구역질이 나서 화장실로 뛰어가는 장면. 여러 번 꿈에 나올 정도로 진하면서도 마치 얇은 유리처럼 작은 손길에 마저 깨져버릴 듯한 정경이었다.

독한 항암 앞에서 엄마는 위태로워 보였지만 이상하게도 나는 그 어느 날보다 엄마가 예쁘다는 생각이 들었다. 아이 같고 동생 같고 딸 같다고도 생각했다. 저 조그마한 사람이 어떻게 버티고 있을까. 아이고 예뻐라 아이고 고와라 세상에 반짝이는 말을 다 가져다 엄마에게 주고 싶었다. 그럴 때마다 가늘고 마른 머리카락을 몇 번이고 쓸어 넘겼다. 엄마는 웃지 않고 가만히 눈을 떠 나를 물끄러미 바라만 보았다.

주사실 아이

옆방 주사실에서 일곱 살 아이가
척수강에 주사를 맞는다.
항암제 파손주의라는 노란 푯말과
절대안정이라는 파란 푯말이
수액 걸이 위에 가지런히 걸렸다.

아이는 울지 않고
젊은 아빠는 토닥토닥 같은 속도로
아이의 손등을 두드린다.
오래지 않아 아이가 잠이 들고
그제야 아빠의 손이 쉬는 사이

창밖으로 삼나무 가지가 바람과 놀았다.

어느 날 아이는 슬플지도 모른다.
나에겐 놀고 뛰던 시절이 없었어.
여름 햇살과 운동장과 친구의 고함 같은 것도.
그때 오늘의 비밀을 말해주면 좋을까.
아니야 아빠가 날마다 날마다 보았는걸.
그날 바람과 나무와 네가 달리던 걸
아빠가 다 알았는걸 틀림없이 그랬는걸.

바람에 실려 삼나무 가지가
몇 번 창틀을 밀었다.
아빠는 굳게 창 너머를 엿보다
아이의 귓불을 톡 치고
물을 한 컵 따랐다.

주름

외할아버지의 생전 모습을 떠올리면 무력한 노인이 그려진다. 젓가락처럼 깡마른 채 치매에 걸려 방 안에 누워 있는 모습. 외할머니가 일찍 돌아가시고 시간이 지나며 하염없이 무너져 내렸다. 하체에 힘이 빠지고 기력이 쇠했다. 거동이 힘들어졌다. 결국 다리가 휜 채로 굳어버렸고 혼자서는 방 밖으로 나서지 못했다. 당신 삶의 마지막 10년은 방 안 세계가 전부였다.

외할아버지는 외삼촌이 모셨다. 어릴 때 놀러 가면 잠시 앉아 인사드리는 짧은 시간이 그렇게 불편할 수 없었다. 아홉이나 되는 아들딸이 낳은 수많은 손주 중에 내가 누구인지 가끔 맞추고 대부분 틀렸다. 시큼한 노인의 냄새에 그만 숨을 꾹 참았다.
엄마는 외할아버지를 보고 올 때마다 눈물 바람이 되었다. 이불에 벽에 변이 다 묻어 있어서 닦아드리고 왔어. 목욕도 시켰는데 엉덩이는 뼈밖에 없었어. 아버지가 도대체 저 지경이 되도록 어쩐 거야. 언니에게 동생에게 전화해서 엄마 자신이나 엄한 사람을 탓했다. 노인은 왜 노인이 되는가. 엄마만 울리고 자꾸 누구의 잘못이 되어버리는 할아버지가 나는 탐탁지 않았다.
너무 어렴풋한 기억이지만 언젠가 한번은 외할아버지가 우리 집에서 며칠을 보냈다. 다른 건 생각나는 게 없는데 단 하나, 겹겹이 쌓인 손등 주름을 엄마가 한 시간이고 두 시간이고 만지던 장면만 섬처럼 떠 있다. 차고 마른 손 위에 거친 주름이 안쓰러워 그랬을까. 미안했을까. 슬펐을까.

항암을 마치고 엄마는 곧장 예약해뒀던 요양병원으로 입원했다. 첫날에는 퉁퉁 부었는데 하루가 지나자 온몸에 수분이 빠지며 한겨울 앙상한 나무 같은 몸이 되었다. 기운을 차릴 수 없어서 화장실에 가는 일마저 힘에 부쳤지만 사흘이 되어도 다행히 심각한 부작용은 나타나지 않았다.

나는 엄마의 마른 허벅지와 마른 발과 거기 켜켜이 얹힌 주름을 천천히 쓸어내렸다. 손을 따라 올라가면 작은 복숭아씨앗 같은 팔꿈치가 드러나고, 겨드랑이 아래로 길게 베인 칼자국과 깊은 주름이 같이 흘렀다. 뼈 모양을 훤히 드러낸 주름이 한 사람을 채 덮을 수 없는 홑이불 같았다.

엄하고 단단하던 사람은 어떻게 이 작고 무른 노인이 되었는가. 엄마도 그때 외할아버지의 낡은 몸을 한참 만지다 이런 생각이 들었을까. 이제야 그날의 엄마를 알 것도 같고 여전히 모를 것도 같고 날카로운 칼 같기도 하고 해진 책의 모서리 같기도 하였다. 엄마의 주름은 따뜻하고 부드러웠다. 외할아버지의 손목도 실은 그랬던 건지 모르겠다.

밥상

밭농사를 지었지만 변변치 않았다. 외할아버지는 장에 가서 소를 샀다가 되파는 일을 더해 생계를 이었다. 이른바 소 중개상이었는데 5일에 한 번씩 버는 돈에 그래도 식구들이 입에 풀칠이라도 할 수 있었다.

동네에서 외할아버지를 이길 수 있는 사람은 아무도 없었다. 깡마른 체구에도 다부졌고 말주변이 워낙 좋은 데다 사람을 사로잡는 매력이 있었다. 이 마을 저 마을 처녀 총각 사이 중매도 잘 놓고, 뭘 판다는 사람 산다는 사람 중간에서 흥정도 잘 붙였다. 싸운 사람들 화해도 도맡았다.

동네에서야 사람 좋기로 소문이 났지만 유독 가족에게는 무섭고 독했다. 네 아버지 온다! 멀찌감치 외할아버지 그림자가 비치면 할머니는 크게 소리쳤다. 그러면 아홉 남매가 방에서 마당에서 딴짓을 하다가도 사립문 앞까지 달려 나와 쪼르륵 서서 아버지를 맞았다. 잘 다녀오셨어요! 할아버지가 밖에서 기분이 별로인 채 집에 들어오면 그날은 잠들기 전까지 비상이었다. 사소한 일 하나에 트집이 잡혀 집안 식구 전부가 눈물 콧물을 쏙 뽑았다.

생활은 팍팍하였다. 오일장이 돌아오면 할아버지는 동네 쌀 내는 집에 가서 보리쌀 한 말, 흰쌀 한 말을 사 왔다. 그걸 아홉 남매 열한 식구가 다음 장날까지 아껴 먹는 거였다.

할머니는 보리, 쌀겨, 고구마를 다 섞어 커다란 가마솥에 밥을 지었다. 한가운데 딱 세 주걱이 나올 만큼 흰쌀밥 무더기가 폭삭 올라서 익어가고 있는데, 거기서 크게 첫 주걱을 푸면 할아버지 식사였다. 다음 주걱도 푼다. 엄마의 바로 아래 동생이자 집안의 장남인 큰외삼촌 몫이다. 그러면 이제 남은 한 주걱 흰밥을 나머지 보리, 쌀겨와 뒤섞어 할머니와 여덟 남매가 나눠 먹었다.

그때 엄마의 단 하나 소원이 저 흰밥을 원 없이 먹어보는 것이었다. 꿈도 못 꿀 저 밥을 아무도 안 주고 혼자 배불리 먹고 죽으면 여한이 없을 것 같았다.

"아니 그럴 거면 눈 딱 감고 먹어버리지. 그러고 혼나면 되지."

엄마는 여린 주먹으로 내 머리를 콕 쥐어박는다.

"외삼촌이나 외할아버지 안 미웠어?"

"그런 건 없었어. 그냥 다 그렇게 사는 줄 알아서."

배부른 사람 하나 없는 동네였다. 다 같이 가난하고 다 같이 못 배웠다.

"그래도 지금 다시 먹으라면 니 할머니 밥이 엄청 맛있긴 할 건데."

작은 방에 포개 앉은 남매들이 큰외삼촌 밥그릇만 흘깃거리다 들키지 않는 군침에 꿀꺽 보리쌀을 말아 삼키던 저녁. 참 지긋지긋한 허기. 처음부터 그랬고 날마다 그러던 추루한 밥상. 척박하고 일만 많던 집.

세상에 가난만큼 무서운 게 없어서 그때로는 죽어도 못 가겠다던 엄마가 원수 같은 밥상을 떠올리다 입맛을 다신다. 마른 입술이 잠시 젖었다.

고백

이틀에 한 번은 요양병원에 엄마를 면회하러 갔다. 그러지 않는 날에는 밀린 일을 해야 했다. 마감에 늦은 원고를 쓰고 회사 일을 봤다.
엄마는 아주 조금씩 적응했다. 새벽까지 좀처럼 잠들지 못하고 악몽을 꾸고 종일 몇 마디 말을 하지 않는 날이 있었지만 나름 좋아하는 장소가 생겼고 아는 환자와 간호사가 늘었다. 새로운 일상이 자리 잡는 기분과 어설피 언 강을 걷는 듯한 위태로운 생각이 동시에 들었다.
몇 번쯤 나는 엄마가 외롭다는 걸 알아차렸는데 잠시 모른 척하기로 마음먹었다. 이게 최선이야. 실제로 최선이었는지 아니면 그리 믿기로 결정했던 것인지 모르겠다.

요양병원 앞 산책길은 주로 놀이터를 중심으로 펼쳐졌다. 몇 개의 샛길이 이어지는데 얼마 가지 못하고 곧 돌아오지만 엄마의 걸음이 한없이 느려서 우리는 오래 탐험을 하는 것 같았다. 시소와 그네의 색깔. 멀지 않은 담장 너머 신혼부부가 다투는 소리. 아기의 울음. 이제 막 불이 켜진 가로등. 땅거미 진 놀이터에 이어지는 작은 탐험은 전에 알 수 없던 풍경을 꺼내놓았다.
아침부터 나를 기다린 엄마는 걸음의 속도와는 반대로 이제 막 말문이 트인 아이처럼 재잘재잘 하루 동안 있었던 일을 쏟아놓는다. 복도 끝 할아버지 코 고는 소리가 엄마 병실까지 들려서 몇 번을 깼는지, 간호사가 얼마나 주사를 아프게 놨는지, 건넛방 환자의 며느리가 결국 바람이 나고 말았다던지, 3층에서 가장 오래됐다는 그 콧대 높은 여자가 엄마 인사를 얼마나 뻣뻣하게 받았는지 내게 이른다. 뭐 그런 사람이 다 있지? 같이 탓하면, 실은 거기도 사정이 없는 건 아니지, 엄마 혼자 다시 착했다.
중간중간 멈춰 서서 엄마 이마에 솟은 땀을 나는 두 손으로 닦았다. 아침부터 보고 싶은 걸 내내 참은 눈. 뻔하고 신기한 사연을 종일 모은 귀. 내가 떠나기 전에 아직 할 말이 많이 남아 잔뜩 아쉬운 입. 그럴 때마다 문득문득 이 전부가 고백인 걸 나는 알았다. 아무리 걸러도 걸러지지 않는 몇 마디를 나도 그때 따라 꺼냈었나. 사랑해, 라고 했던가. 아니면, 어제 보니 칫솔 닳았길래 새거 가져왔어 이따 줄게, 라고 말했나.

누군가 인간이 생각할 수 있는 가장 좋은 것을 전부 모아 만든 낱말이 사랑이라 하던데. 사람들은 사랑이 무언지 모르면서 자꾸자꾸 사랑을 하는 것 같았다. 알지도 못하면서 사랑한다 한마디를 천 개의 말에 담아 고백하고 고백받았다. 실은 알 필요도 없었다. 하루를 전부 이르고 싶은 것이 이미 당신에게 다 사랑일 테니.

저녁이 더 깊어 환자들은 하나둘 병실로 돌아가고 작은 입은 아직도 지친 기색 없이 뭐라고 뭐라고 하루를 편지처럼 부친다. 놀이터를 둘러 가늘게 뻗은 나무들의 이파리만 사랑을 엿듣고 있었다. 가을이 아직 먼 것 같은데 바람에선 폭 익은 나무 냄새가 났다.

응급실

요양병원에 들어간 지 열흘이 좀 넘었을 때 병원 간호사실에서 급히 전화가 한 통 걸려왔다.

"어머니 백혈구 수치가 너무 안 좋아요. 당장 응급실로 가야겠는데."

간호사로부터 전화기를 건네받은 엄마는 울먹이고 있었다.

"백혈구인가 뭔가가 거의 없어서 감염될 수 있나 봐. 암병원 응급실로 지금 가라는데 앰뷸런스는 없어서 택시를 타고 가야 할 것 같아."

내가 있는 회사는 강남, 요양병원은 부천, 암병원은 일산이다. 우리는 각자 택시를 타고 응급실로 향했다. 차는 느리게 강남 도로를 지났다. 한강도 강변북로도 느리게 달렸다. 운전하는 사람은 최선을 다했을 테지만 자꾸만 시간이 멈추는 것 같았다. 괜찮아, 아무렇지 않아. 전화기 건너편 엄마는 여전히 목소리를 떨면서도 나를 안심시켰다.

허겁지겁 응급실 문을 열고 들어서자 얼굴이 하얗게 질린 채 대기 의자에 풀이 죽어 앉아 있는 엄마가 보였다. 금방이라도 쓰러질 것 같은 모습이었다. 엄마는 괜찮지 않았다. 검사를 통해 나타난 백혈구 수치는 고작 50. 몸을 지켜내기 힘든 수치라 물이나 음식의 작은 병균에도 쉽게 감염될 수 있다. 드물지만 패혈증을 일으킬 수도 있다. 열이 오르면 몸에 균이 들어왔을 위험이 있다는 뜻인데 열까지 오르고 있었다.

우선 무슨 균에 감염되었는지 확인하기 위해 피를 뽑아야 한다. 한 곳이 아니라 서로 다른 여러 곳에서 뽑는다. 숨어버린 혈관을 찾느라 발등에 손등에 세 번 네 번 주삿바늘이 꽂혔다. 그래도 안 되자 정강이까지 바늘은 꽂힌다. 엄마는 몸을 뒤틀며 신음을 뱉었다. 나는 몇 걸음 떨어져 그 모습을 바로 보지 못하고 뒤돌아 발만 동동 굴렀다. 옆 침대도 뒤 침대도 시선이 걸리는 모든 곳에 아픈 사람들이 몸을 비틀었다. 통증을 호소하는 소리가 뒤엉키고 있었다. 저 바깥과 여기는 다른 세상이었다.

그곳에서

당신 가장 참담한 곳으로 가서
신을 벗고 맨발로 놀아주고 싶다

늦게 늦게 같이 돌아오다 붉은 골목에는

함부로 차던 대문
아직 햇살이 남은 마당
세상을 덮는 저녁밥 냄새

두 검은 발을 나란히 씻고
깊은 이불에 밀어 넣으며

머뭇대는 가난이
헤칠 수 없는 밤

아무도 울지 않고 나는 다만

다시 아침이 되어 당신 위로
겁도 없이
겁도 없이 쏟아지고 싶을 뿐

기다린 말

항생제 주사를 맞고 열은 내렸다. 나중에야 알게 된 것인데 백혈구 수치가 떨어지는 문제는 항암 환자들에게 드물지 않게 나타나는 증상 중 하나라고 한다. 간혹 엄마처럼 0에 가깝게 곤두박질치기도 한다.

그렇다고 덜 위험한 건 아니다. 몸의 면역체계가 망가질 뿐 아니라 항암 진행이 불가능하다. 실제로 항암이 연기되는 건 당연하고 아예 포기하기도 한다. 세균 감염 때문에 종종 환자가 사망하는 일도 생긴다.

엄마는 그날 이후로도 여러 번 응급실에 쫓아가야 했다. 내리박히는 백혈구 수치 때문에, 갑자기 38도 39도로 오르는 열 때문에 사지에서 피를 뽑고 그러다 잘못해서 혈관이 터져버리는 일이 반복됐다. 혈액검사를 마치고 결과에 따라 항생제를 처방할 수 있으면 좋겠지만 그러기까지 시간이 너무 오래 걸렸다. 급한 대로 입원 조치가 먼저 내려지고 병실에 올라가 범용 항생제를 맞는다. 호중구 주사라는 걸 통해 백혈구 수치도 강제로 끌어올린다. 며칠 입원하는 동안 차도를 보이면 퇴원을 했다.

상태가 호전되어 암병원을 나오더라도 퇴원일에 딱 맞춰 요양병원 병실이 다시 나는 건 아니었다. 그러면 집으로 와서 며칠, 그러다 또 짐을 싸서 요양병원으로 가 며칠을 보냈다. 항암일이 돌아오면 암병원에 입원해서 며칠, 다시 요양병원에서 며칠이었다. 항암 후 어김없이 백혈구 수치에 문제가 생겼고 응급실로 달려갔다. 다시 입원, 다시 집, 다시 요양병원. 말도 안 되는 상황이 두 달 넘도록 반복되었다.

처음에는 백혈구 수치 이상을 늦지 않게 발견했으니 요양병원에 있는 게 다행이라는 생각이 들었지만 점점 이게 맞는지 의구심을 떨칠 수 없었다. 암 진단 이후 무언가를 선택할 때마다 수십 킬로 철근이 몸을 누르는 기분이다. 이 결정은 어떤 결과로 이어질까. 4기 암 환자를 두고 쉬운 선택은 아무것도 없었다. 작은 실수 하나도 얼마든 우리를 부숴버릴 수 있다. 어떻게 해야 좋을까. 요양병원을 포기해도 괜찮을까.

어디에도 정주하지 못하고 일주일마다 짐을 싸야 하는 엄마는 몸과 마음 모두 지쳐가고 있었다. 그냥 기진한 게 아니라 마치 혼자 우는 사람 같았다. 그 울음마저 들키지 않으려고 자꾸 감추는 사람.

요양병원에는 다른 병원과 다른 고유한 풍경이 있다. 많은 환자가 여기에서 몇 달 몇 년을 보내곤 해서 그들의 온갖 살림이 병실 가득 쌓인다. 화초를 키우고 가족사진을 걸고 소중한 것들로 병실을 채운다. 요양병원이 곧 삶이 되는 것이다. 여기에 삶을 꾸린 오래된 환자들 사이는 가족처럼 깊은 연대와 정이 싹튼다. 자연스럽게 그들만의 질서와 규칙도 생긴다. 새로 들어온 환자가 그 틈을 파고들기란 만만치 않은 일이다. 경계의 대상이 되기도 했다. 게다가 엄마는 오래 머물지 못하고 자꾸 병원을 벗어나 떠도니 쉽게 그들의 벗이나 이웃이 되지 못했다.

애초부터 엄마의 인식 속에 요양병원이란 좋은 곳은 아니었다. 멀쩡한 집과 가족을 두고 떠나 있어야 하는 곳. 그러니 엄마가 요양병원에 들어가게 된 건 꼭 필요한 선택이라는 내

말 때문이래야 맞다. 엄마는 그때 이리 생각했을지도 모르겠다. 오랫동안 따로 살았던 내가 당신과 밤낮을 함께 지내며 부담을 느낄 거라고. 그러니 얼마 동안이라도 떨어져 있으며 내게 한숨 돌릴 수 있는 시간을 줘야 한다고.

꼭 필요한 선택이었을까. 며칠간 같은 걸 묻고 또 묻는다. 그 말 뒤편에 나는 혹시 마음 하나를 감춰놓았던 것인지 몰랐다. 병자를 보살피는 짐을 혼자 지기 두려운 마음. 지난 몇 달 모호했던 감정들의 정체란 결국 그 마음이었나.

“엄마, 요양병원 이제 가지 말까?”

엄마는 나를 빤히 쳐다봤다. 잠시 망설이더니 이내 고개를 두 번, 세 번 끄덕거린다.

“지지고 볶고. 나랑 그냥 붙어 있는 게 요양병원 치료보다 나을까?”

엄마는 또 고개를 연거푸 끄덕거렸다. 혹시 모를 위험을 감수하고 보조 치료를 포기하더라도 우리 둘이 같이 있자는 말. 이 말이 지난 몇 달의 혼곤함을 밀쳐낼 수 있는가.

3부

제자리에 있는 것들

일을 마치고 돌아가면

그 집에는 아프고 사랑하는 이가

나를 기다린다

사람들은 다 어떻게 견뎠을까

아무래도 떨칠 수 없는 오한과

서로 비벼 기어이 덥히는 두 몸

슬프고 안도하는

밤의 유랑

그럴 것 같아요

이제 근육이 거의 남아 있지 않아요. 60킬로그램 안팎을 오가던 체중은 43킬로그램이 되었고요. 한꺼번에 너무 많은 살이 빠지며 온몸에 새겨진 깊고 숱한 주름. 거의 모든 곳에 빈 가죽이, 가죽에 남은 주름이 파도처럼 밀려왔어요. 그 파도가 모르는 새 삶을 삼켜버리고 말까요.

가로로 길게 세로로 또 길게 칼로 긋고 나눈 배가 있어요. 얇은 몸을 이리 깊이 파헤칠 수 있나요. 흔적은 너무 명료해서 우리는 슬프다 이내 알고 말아요. 당신은 자꾸자꾸 살아남는 사람일까요.

잠이 들면 누군가 나를 만져요. 머리카락을 따라 손끝이 천천히 흘러요. 얼굴을 쓰다듬고 귓불을 조심스레 잡았다 놓아요. 눈을 뜨면 막 푸른 새벽 방에서 당신이 나를 바라보고 있어요. 깼네, 미안. 자는 게 너무 예뻐서. 나는 다시 잠이 들어요.

당신아.

삶은 몇 번이나 폐허 같아요. 그래도 당신은 허물어지지 않고요. 우리는 내일 밤도 그다음 밤도 서로에게 닿을 것만 같아요. 누구도 아무도 보내주지 않아요. 우리가 헤어지는 일 따위는 세상에 정말로 없을 것만 같아요. 아무것도 중요한 건 없어요. 당신과 내가 여기에 있어요.

장독

절에 갔다. 기분 좋은 바람과 나무 냄새가 일주문부터 느껴졌다. 활짝 창을 열어둔 법당에서 사람들은 부처와 보살의 이름을 부르고 있었다. 저 나지막한 기도 소리, 독경 소리가 예전부터 좋았다. 어릴 때 한 달쯤 절에 살았다. 대웅전에서 들리는 새벽 염불 소리에 잠이 깰 때마다 무언가 삶의 비밀을 엿듣는 기분이었다.

법당 사람 중에 엄마의 기도가 가장 느렸다. 기운이 없어서 비틀, 말을 잘 듣지 않는 몸을 천천히 일으키며 절을 올렸다. 그러다 갑자기 방석에 머리를 박고는 고개를 들지 않는다. 놀라서 부축하려는데 어깨가 불규칙하게 떨리기 시작했다. 아. 나는 가만히 그 옆에 앉아 떨림이 멈출 때까지 염주

만 만지작거렸다.

돌아 나오는 길. 절 뒷마당에 가득 장독이 널렸다.

"왜 울었어?"

엄마는 대꾸 않고 갑자기 멈춰서 장독 수를 센다. 답을 들으려 물은 게 아니니 나도 그 반대쪽부터 하나, 둘 장독을 셌다.

"남의 속도 모르고 장은 잘도 익을 거야. 장맛 엄청 좋을 거야. 그치?"

셈을 마치고 다시 일주문을 나서며 엄마가 말하다 웃었다. 사람에게 아랑곳하지 않는 풍경이 있었다. 사람들 기도가 간절하든 말든 몇이나 울고 가든 말든 계절을 따라 장맛은 맛있게 들었다. 산문이, 산을 오르내리는 바람이, 불상의 손매가 사람을 따라 애타지 않았다.

"같이 아프면 오래 못 가."

엄마의 맞은편 침대에 있던, 벌써 네 번이나 암이 재발했다는 환자의 보호자가 들려줬던 말에 반박하려다 실패하고 말았다. 한 사람의 통증이 폭풍처럼 몰려올 때. 그의 슬픔이 폭설로 쏟아질 때. 같이 울고 같이 다치는 것보다 더 중요한 게 있다고 그때 그 보호자는 얼마나 따라 울다 알았을까.

흔들리지 않고 제자리에 저로서 있는 것들. 계절은 굳은 마음이었다. 그래서 오래오래 몇 번이나 돌아올 수 있었다. 남의 속도 모르고 그저 제자리에 장독마다 장이 익는다.

여행

항암을 받아야 하는 주간에 다인실 병실이 나지 않으면 어쩔 수 없이 1인실에서 하루나 이틀을 묵는다.

"이런 호사가 어딨어. 병원 다 전세 낸 거 같다. 호텔처럼."

둘뿐인 병실 좁은 침대에 나란히 누워 엄마는 우리가 여행했던 어느 날의 호텔을 떠올렸다. 항암을 앞두고 두려움을 애써 덮으려는 상상이기도 했다.

1년에 두세 번 여행을 가기 시작한 건 유방암 수술을 마친 뒤부터다. 처음에는 아버지도 같이 갔지만 이런저런 사정이 생기며 셋보다는 둘이 되는 때가 많았다.

여기가 천 년 된 교회야. 관광객들은 잘 모르고 현지 사람들끼리만 안다는 식당이야. 둘이 먹다 셋이 죽어도 모르는 곳이야. 어제 인터넷을 뒤져 찾은 걸 원래 알고 있던 듯 떠들면 엄마는 잘도 속아주었다. TV로만 보던 세상을 꼭 아이처럼 맞았다. 별거 아닌 모든 게 그 앞에서 최고가 되었다. 그럴 때마다 내 마음이 더 크게 부풀어 좋았다.

여행은 때로 마음의 반대편을 향하기도 했다. 병원에서 기억을 되짚을 때마다 아프게 떠오르는 장면이 하나 있다. 우리의 마지막 여행. 일본이었다.

"도대체 언제까지 그러고 살 건데!"

귀국을 이틀 앞두고 숙소로 돌아오는 길 위에서 나는 엄마를 사납게 쏘아붙이고 있었다. 장어덮밥이 화근이었다. 골목 여기저기 한참을 헤매다가 간신히 공들여 찾아둔 덮밥집 문 앞에 섰을 때 엄마가 물었다. 그래서 한 그릇에 얼만데? 나는 눈치도 없이 곧이곧대로 답했다. 엄마의 눈이 쏟아질 것처럼 커진다.

"너 미쳤어? 이건 진짜 아니다."

100년의 전통이 있는 곳이다, 하루에 몇 그릇 팔지 않는다, 아무리 설득해도 소용없었다. 덮밥값이라기엔 엄마의 세상에서 도무지 말이 되지 않는 금액이었다. 결국 호텔 근처로 돌아와 저렴한 비빔밥을 먹었다. 밥을 먹는 내내 나는 송곳 같았다. 차갑고 날카로운 말을 함부로 엄마에게 던졌다. 귀국 날이 돼서도 나는 잔뜩 모나 있었다.

한 달 반 뒤 엄마는 암이 아랫배에 꽉 찼다는 진단을 받았다. 결국 그게 마지막 여행이 되어버렸다.

내가 이런 걸 누려도 되나 몰라. 엄마는 여행의 날들을 인생에서 가장 사치스런 시절로 꼽았다. 그 말속에 숨어 있던 여행의 자격이란 내게 슬픔이었다가 기쁨이었다가 어느 날은 오기가 되기도 다른 날은 꿈이 되기도 하였다. 지워주고 싶었다. 엄마는 그래도 되는 사람이라고 알려주고 싶었다. 더 많은 여행이 더 좋은 날들이 기다리고 있을 거라고. 그러나 돌아보니 그 마음을 다 갖고도 나는 미련하게 여행의 이곳저곳을 뭉그러트렸다. 엄마도 우리 마지막 여행의 모진 말을 다 기억하고 있을까.

“정훈아, 우리 다시 여행 갈 수 있어?”

호텔을 상상하며 병원 냄새를 지우던 엄마가 나를 빤히 쳐다보며 물었다. 그래도 엄마는 나와 또다시 떠나고 싶었다.

새해

1월의 첫날이다. 여든을 앞둔 아버지는 고향 집에서 혼자 아침밥을 먹었다. 엄마가 저번에 담아둔 열무김치에 고추장을 비벼 김을 싸 먹었다. 이런 날 밥상이 그래서 어떡해. 아버지는 그래도 한 그릇을 다 먹었노라 답했다. 어느새 밥 짓기 선수도 되었다. 홀로 차린 새해 첫 끼를 어떤 그림자가 덮었을지 알 수 없으나 그래도 누구 하나 외롭다고 말하지 않았다.

점심은 밖에서 먹을까? 엄마는 새해부터 뭘 사 먹으면 안 된다고 핀잔을 주려다 맘을 바꿔 어디로 갈 거냐고 물었다. 나는 나가서 보이는 식당 중에 문을 연 첫 번째 식당에 들어가 뭐든 맛있게 먹으면 된다고 답했다. 엄마는 작은 모험에 잠시 설레었다. 김이 모락모락 오르는 칼국수 반 그릇을 천천히 먹었다. 무슨 생각이었을까. 엄마는 처음으로 만 원짜리 한 장을 서빙하는 여자의 손에 주인 몰래 쥐여주었다.

어스름이 사방을 조심히 지우는 저녁. 여고생쯤 되어 보이는 소녀 둘이 나란히 서서 눈을 향해 입을 벌리고 있었다. 멍청한 눈송이는 자꾸 눈썹으로 뺨으로만 떨어져 내린다. 그래도 뭐가 좋아 마구 웃었다. 눈송이 몇 개가 그예 입속에 날아들었다. 눈을 받아먹은 아이들의 얼굴을 창밖으로 내려다보다 엄마가 피식 따라 웃었다.

한밤이 되어서야 눈은 그쳤다. 녹은 눈이 다시 얼어 내일 출근길이 비상일 거란 뉴스가 흘러나왔다. 쓰레기를 버리려고 주차장에 내려왔다가 컵라면에 물을 붓는 경비원과 눈이 마주쳤다. 인사하고 올려다본 아파트 불빛이 점점이 끊겼다가 이어지고 있었다. 나는 어렴풋이 알았다. 모두가 무성하게 살아남아 새해 첫날 무언가를 먹었다. 굶지 않고 삶을 먹이다 몇 번인가 숫되게 웃었다. 그게 가장 중요한 일이다.

소식

세 번 항암을 맞고 나서 CT를 찍는다. 암이 줄었는지, 아니면 더 자라지 않고 유지되었는지, 혹은 커져버렸는지 확인한다. 암이 커졌다면 항암제 효과가 없다는 뜻이다. 죽을 듯 괴로웠던 항암이 이름에 무색하게 암을 어쩌지 못했다는 말이다. 다만 암을 줄이지는 못해도 더 자라지 않도록 막았다면 항암의 효과가 있는 것으로 판단한다.

약효가 늦게 나타나는 경우도 많아서 의사에 따라 몇 차례 더 항암을 진행하며 신중하게 살피기도 하지만 대체로 3차 결과에 별 효과가 없으면 항암제를 바꾸거나 대안을 고민한다. 여러 번 약을 바꾸다가 그 암에 쓸 수 있는 항암제가 더 이상 남지 않으면 이제 항암조차 하지 못하는 상황이 되어버린다. 3차까지 항암을 마치려면 보통 두 달 이상이 걸린다. 이마저 체력이 따라줄 때 얘기지 몸이 제때 회복되지 않으면 며칠씩 혹은 몇 주씩 항암은 연기되어 석 달을 넘기는 경우도 적지 않다.

지난주 엄마는 세 번째 항암을 마치고 첫 CT를 찍었다. 그 결과를 듣는 날이다. 암이 계속 자라고 있을까. 어디로 번졌을까. 드라마나 영화처럼 사라져버리지는 않았을까.

음. 의사는 얕게 호흡을 골랐다. 그가 몇 초쯤 모니터를 바라보는 동안 진료실이 너무 고요해서 간호사가 마우스를 누르는 소리마저 귀에 박힌다.

"암이 꽤 줄었네요. 항암제 효과가 있네. 다행이네. 항암 계속하시죠."

하아. 엄마와 내 입에서 동시에 작은 탄성이 새어 나왔다. 의사는 많은 말을 들려주지 않았다. 우리는 묻고 싶은 게 많았지만 뭐를 어떻게 물어야 좋을지 모를 만큼 머릿속이 하얬다. 허리가 꺾이도록 인사를 하고 나와 서로 마주 보았다.

"정훈아! 나 이제 안 죽나 보다!"

북적거리는 진료실 복도에서 엄마는 허청거렸다. 나는 이 순간이 달아나버릴까 있는 힘껏 엄마를 안았다.

이름 짓기

옆 침대에 문병 온 딸은 임신 중이었다. 그가 아버지에게 물었다. 애기 이름이 뭐였으면 좋겠어? 사내가 퉁명스럽게 답했다. 뭐시기 지금 정하면 뭔 이름이 되간디? 딸은 혹시 모르지, 모르지 하면서 되묻고 사내는 뭐시기, 뭐시기 하면서 끝내 손녀의 이름을 내주지 않는다.
그동안 팔목에 박힌 큰 바늘에는 밥을 대신할 영양제가 소리 없이 떨어져 내렸다. 그의 낯이 검고 발음이 희미했지만 다음 날이었나 엄마에게 사내는 손녀 이름을 소진이라 지으면 어떻겠냐 물었다.

사람을 살리는 것은 의술이나 과학같이 원대한 무엇이겠지만 삶을 살리는 것은 어쩌면 아무렇지 않고 아주 작은 것들의 힘일지도 모른다. 나는 노인이 가만히 아기의 눈을 바라보며 이름을 불러주고 싶은 그 맘으로 몇 달을 몇 년을 더 살아낼지 모른다고 생각했다.

들풀

이건 장떡나물. 먹는 거야.
별맛 없는데 그냥 먹어.
이건 꽃다지. 이것도 먹는 거야.
어? 국수댕이도 났네.
들풀은 향이 별로 없어.
밍밍한데 배고프면 그냥 삶아서 다 무쳐 먹었어.

당신과 걸으면 비로소 길가에 나고 지던 들풀이
제 이름으로 불렸어요.
가난한 봄에는 잎마다 이름마다 쓸모가 있었어요.
이건 계절이 막 바뀌고 있을 때 맛이 좋은 풀.

저건 지금이 아니면 질겨서 먹을 수 없는 풀.
그래서 학교를 마치면 언니 손을 잡고
일부러 먼 동산으로 빙 둘러 캐던 풀.
책보자기 가득 따와서
해 지도록 오지 않는 아버지를 기다리다
한 젓갈 두 젓갈 무쳐 먹던 풀.
당신을 따라 맛보지 않고도 쓰고 달고 비렸어요.

때로 저 풀이 제 이름으로 불리기 위해
당신을 빤히 바라보고 있는 게 아닐까 착각도 들었어요.
나 좀 봐요 내 이름 좀 불러봐요.
고개를 들고 무언의 텔레파시 같은 것을
당신에게 보내는 건 아닐까 상상도 해봤어요.
희미하고 작은 싹을 선명하게 부르는 당신을 따라
어느 날 나도 배우는 것일까요.
강바람 사이에서 당신이 세던 꽃으로,
꺾지 못해 얇은 몸을 깊이 숙여 들여다보던 잎으로
저마다 새 이름을 알게 되는 것일까요.

사랑은 결국 알아채는 사람이 되는 것인가요.

아무것도 아닌 잎을 한 잎 한 잎

불러주는 사람이 되고 싶은 것인가요.

풀과 꽃의 세상으로 초대받는 일인가요.

사랑은 그렇게 온 이름으로 잔잔하게 봄을 덮는 것인가요.

고딩이

"정숙아, 고딩이 잡으러 가자!"
엄마는 달밤에 둘째 이모와 고딩이를 잡았다. 고딩이는 다슬기의 사투리. 그때 나이가 열세 살쯤. 먹을 것 없는 집에서 뭐라도 해야 했다. 허리를 굽혀 바닥을 손으로 훑으면 물은 어깨 너머 목 아래까지 찰랑거렸다. 작은 횃불을 도랑에 비추면 어둠 속에서도 물이 밝았다. 손가락만 한 고딩이가 밤이 되면 까맣게 올라와 바위를 덮고 있었다. 밤 고딩이는 언제나 낮보다 더 컸다.
한밤의 고딩이 잡이는 무섭고 고되면서도 은근 짜릿한 재미가 있었다. 검은 바위에 붙은 검은 고딩이가 어느 날엔 꼭 아기별 같았다. 살짝 엄지에 힘을 주어 톡, 이른 밤 속에서 이제 막 잠이 깬 별을 떼어 담았다.

집에 돌아오면 고딩이를 마당 한쪽 큰 다라이에 담가두었다. 날이 밝으면 식구가 다 모여 국을 끓여 먹고 동네 사람들이 조금 사 가기도 하였다. 다른 가족이 잡아온 고딩이까지 양이 넉넉할 때면 가끔 큰 동네에 팔러 나갈 때도 있었다. 큰 동네래야 고작 부리면富利面 정도였지만 오일장도 서고 사람도 많아 엄마가 살던 잠두마을에 비할 바가 아니었다.

잠두마을에서 부리면까지는 걸어서 족히 네댓 시간이 걸리는 거리라 버스를 타고 가야 했다. 목적지 정류소에 도착하면 각자 작은 다라이를 머리에 이고 일행이 나뉘었다. 고딩이 팔아요! 이 집 저 집을 돌며 대문을 두드리고 산다는 이가 있으면 한 사발에 얼마씩을 받고 넘겼다. 열세 살 아이의 장사 수완이 좋아도 보통 좋은 게 아니었다.

"그게 무슨 살림에 도움이 됐겠어. 장난이었던 것도 같고. 꽤 힘들었던 것도 같고. 어린 마음에 그런 걸 다 몰랐던 것도 같고."

낯선 대문 앞에서 고딩이를 팔던 아이는 어떤 맘이었을까 물으니 그런 건 진즉에 다 잊었지, 한다. 그 문을 두드리던 밤도, 양재기 그릇에 고딩이를 푹 퍼 담아 건네던 감촉도 엄마는 다 잊었지, 한다. 가물가물 시작과 끝이 모호한 시절이 별거 없이 몇 개의 장면으로 남아 있을 뿐이라고.

별거 없기는 엄마. 어린 고딩이 사냥꾼이 세차게 밤을 헤치던 얘기에 다른 어떤 모험담이 비할 수 있겠어. 소녀 고딩이 장수가 세상에서 제일 큰 마을을 탐험하던 얘기에, 한번 잡혀가면 돌아올 길이 없다며 잠두마을 고딩이들을 밤마다 덜덜 떨게 했던 전설에 그 어떤 무용담이 견줄 수 있겠어.

파란 정구지가 푹 젖은 고딩이 국이 드문드문 밥상에 올라왔다. 어린 엄마가 고사리손으로 따내던 고딩이 씨알에 비할 바는 못 되었지만 수십 년을 거슬러 모험의 밤을 훑어오기 언제나 충분하였다.

혈관

간호사 바꿔주세요!

몇 번이나 입 밖으로 나오려는 말을 꾹 집어삼키다 결국 거칠게 내뱉고 말았다. 엄마는 곧 신음을 멈췄고 얇은 팔에는 세 개의 반창고가 붙었다. 나는 오늘 또 쌈닭이 되었다.

한창 바쁠 때 종합병원 채혈실은 거대한 공장 같다. 똑같이 옷을 맞춰 입은 간호사가 나란히 앉아 띵동띵동 15초에 한 명씩 피를 뽑는다. 가끔 저 정확하고 기능적인 움직임이 규격화된 제품을 양산하는 조립라인처럼 느껴졌다.

엄마의 혈관은 오늘도 잘 보이지 않는다. 유방암 수술 이후 왼쪽 팔은 채혈이 불가해 오른팔이나 양발에서 피를 뽑아야 한다. 어떤 간호사를 만나느냐에 따라 채혈 과정은 치열한

전투가 되기 일쑤였다. 혈관이 터지고 세 번, 네 번 바늘을 꽂기도 한다. 채혈실을 나오면 엄마는 파김치가 되어버리곤 했다. 하루가 지나면 바늘이 꽂혔던 자리마다 멍이 들었다. 운이 좋지 않은 날에는 몇 군데를 찔러도 피가 나오지 않아 혈관에 어떻게든 맞춰보려고 꽂은 바늘을 이리저리 움직일 때도 있었다. 무서움에 꾹 닫혔던 엄마의 입에서는 신음이 터져 나오고 작은 발은 통증을 못 이겨 동동 바닥을 구른다. 그러면 나는 간호사 역시 진땀을 빼고 있는 걸 알면서도 도저히 참을 수 없게 되어버린다. 다른 간호사로 바꿔달라 따지고 소리도 질렀다. 아픈 이가 더 아프고 말까 봐 상식도 예의도 모르는 보호자가 되어버렸다.

미안합니다.
그중 몇 번은 사과하고 대부분은 그러지 못했다. 병원에서 돌아와 긴장이 풀리면 알 수 없는 허탈함이 파고들었다. 문득, 보호자란 꽉 쥔 주먹 같은 사람이 아닐까 싶었다. 엄지 두덩에 손톱자국 같은 사람이 아닌가. 기꺼이 쌈닭이 되는 것은 아픈 이를 지키고 싶은 맘과 이 병을 누구에게도 탓할 수 없는 슬픔 사이 어디에서 시작되는가 생각했다.

발

“아휴 어떡해. 세상에 이 발 좀 봐.”

내복을 갈아입다가 깡말라 뼈뿐인 발을 발견하고 엄마는 털썩 주저앉았다. 내 발이 얼마나 예뻤는데. 뾰족구두 신으면 사람들이 다 예쁘다고 한마디씩 했는데. 미스코리아 나가도 된다고 했는데, 발 미스코리아. 엄마는 농담인지 진담인지 실없는 말을 던지고 그 자리에서 한바탕 울었다.

옛 몸의 기억은 진종일 맴돌았다. 옷을 갈아입다가 목욕을 하다가 거울을 보다가 불쑥불쑥 찾아왔다. 약지에 끼던 금반지를 이제 중지에 끼워도 헐거워서 덜렁덜렁 빠지려 할 때. 양말을 신으려고 방바닥에 앉았는데 벼랑처럼 솟은 엉덩이뼈가 바닥에 부딪혀 저려올 때. 가슴부터 아랫배 저 끝까지 상하좌우로 몸을 나눈 수술자국이 불현듯 무서울 때.
엄마는 변해버린 몸을 발견하곤 깜짝깜짝 놀랐다.
풍성한 가슴과 단단한 발목. 기름진 피부와 상처 없이 반듯한 배. 이제는 돌이킬 수 없는 몸. 당연했던 것들은 어느새 허물어져 다시는 영원히 찾을 수 없게 되었다.
"훈아, 이거 내 몸 아닌 거 같아."
그런 날은 바뀐 몸이 낯설고 서러워서 아무리 들여다봐도 나 아닌 다른 몸에 갇혀 있었다.

부작용

효과가 있어 보인다는 항암은 계속됐다. 언제까지일지 기약할 수 없었다. 몸이 감당할 수 있는 한 멈출 수 없다.

"항암 받을 수 있는 것만으로도 다행이야."

초기에 힘이 됐던 이 말은 몇 달에 걸쳐 항암이 반복되며 블랙홀처럼 엄마를 집어삼키고 있었다. 하루에도 여러 번 속을 게웠고 머리가 깨질듯한 두통을 호소했다. 숭늉 한 그릇도 다 못 먹는 일이 많았다. 항암제를 맞는 중에는 터질 것처럼 온몸이 부었다가 며칠 뒤면 생명이 다 빠져나가는 듯 쪼그라들었다. 항암을 견디지 못해 포기하는 사람도 많았다. 그렇게 8차의 항암, 끝을 알 수 없는 전쟁은 이제 6개월을 넘어서고 있었다. 엄마는 이를 악물고 버텼다.

그러나 몸의 한계는 엄마의 의지를 따라오지 못했다. 지난 항암부터 그냥 넘길 수 없는 징후들이 나타나기 시작했다. 시간을 두고 살펴볼 수 있는 부작용이 아니라 장기가 망가질 수 있는, 잘못하면 암보다 더 치명적인 결과로 이어질 수 있는 문제였다.

가장 심각한 건 방광이었다. 기능이 망가지면서 침대에서 화장실까지 못 가고 소변을 쏟는 일이 생겼다. 자식이어도 남자는 남자였을까. 엄마는 당황하면서 내가 절대 들어오지 못하게 혼자 욕실에 들어가 매일 두 번 세 번 속옷을 빨았다. 기어이 성인용 기저귀를 차야 하는 상황이 되었다. 결코 보여주고 싶지 않았던 모습을 내게 보이며 감당하기 힘든 무력감을 느끼는 것 같았다. 상태는 점점 심해져 소변에는 온통 피가 섞이기 시작했다.

9회차 항암을 맞기 위해 입원한 밤에도 피가 뒤엉킨 소변을 쏟았다. 몸이 버티는 한 항암은 계속해야 한다던 의사는 한참을 고민하더니 잠시 미루는 게 좋겠다는 결정을 내렸다.

“원래 9차까지는 하고 CT를 찍어야 하는데 이대로는 항암 못할 거 같고. 일단 방광 상태도 보고 CT를 한 번 더 찍자고. 그러고 판단합시다.”

중증 환자는 치료의 방법이 중지되거나 바뀔 때 덜컥 겁이 나곤 한다. 이 변화가 무엇을 의미하는지, 혹여 다른 암담한 결과로 이어질지 혼란스럽기 때문이다. 몸을 더 회복할 시간을 벌었다는 안도감과 암이 퍼질지도 모른다는 불안감이 동시에 밀려왔다.

당신이 아픈 건

"너 유학 가고 나서 있잖아. 나 혼자 유방암 검사하러 서울에 병원 다닐 때. 보험금 타고도 돈 쓸 줄을 몰랐어. 몸값으로 받은 돈이 너무 아까워서."

2011년 엄마가 유방암 수술을 받던 해에 나는 유학을 떠났다. 복잡한 사정이 있었지만 결국 오랜 고민 끝에 그리 결정하게 되었다. 암 수술을 하고 몇 달 안 된 사람을 두고 떠나는 나를 엄마는 말리지도 미워하지도 않았다. 너는 그렇게까지 무엇을 찾고 싶을까. 엄마는 묻지 않았다.

대전에서 서울까지 석 달에 한 번씩 추적검사를 하러 다녔다. 보험회사에서 암 진단비가 부족하지 않게 나왔는데 그 돈을 하나도 쓰지 않았다. 지하철역에서 병원까지 택시비가만 원도 안 됐지만 돈이 아까워 한참을 걸었다. 병원 식당에는 맛있는 음식이 넘쳐나는데 대전에서 도시락을 싸들고 올라와 휴게실 의자에 혼자 앉아 찬밥을 먹었다. 더운 날도 추운 날도 엄마는 그랬다.

"그때 잘 먹고 좋은 거 먹었으면 덜 아플지 모르는데."

왜 이제 그런 얘기를 들려줄까 나는 알 길이 없었다. 아무것도 돌이킬 수 없는데 어디서부터 어디까지 병이 되었는지 죄가 되었는지 나는 몰랐다. 그때 찬밥이 병이 되었을 거란 말도 그 때문에 이리된 건 아니라는 말도 다 미웠다. 당신 때문인 것도 당신 때문이 아닌 것도 다 싫었다. 내 탓인 것도 내 탓이 아닌 것도 나는 다 슬펐다.

좋은 살림

외할머니는 내가 국민학교에 들어가기 전에 돌아가셨다. 그와 추억이랄 게 거의 없지만 작은 문방구 앞에서 나를 업어주던 기억 하나가 실제인가 꿈인가 아슴푸레 남아 있다.

엄마는 외할머니가 보고 싶다고 내게 말한 적이 많지 않았다. 하지만 몸이 약해지며 마음이 무너질 때마다 외할머니 꿈을 꾸곤 했다. 무서울 때, 우울할 때, 중요한 검사를 앞두고 있을 때나 결과를 듣기 전날 밤 외할머니는 말없이 가만히 엄마를 들여다보다 돌아갔다.

그날의 꿈속에도 외할머니는 고요했다. 엄마는 커다란 집 천장 여기저기 걸쳐 있는 거미줄을 빗자루로 쓸어내리고 있었다. 걸레를 빨아서 방바닥을 훔치고 때 묻은 솥단지를 반짝반짝 광이 나도록 닦았다. 그러고 아랫목에 누워 있는 외할머니에게 이렇게 말했다.
"엄마, 내가 청소 다 했어. 이제는 헌거 다 버리고 깨끗한 거 쓰고 살아. 좋은 거 새거만 쓰고 살아."
외할머니는 아무 답을 않고 고개를 끄덕이지도 않고 엄마를 하염없이 바라만 보았다.

우리 집구석에는 언제나 새것, 좋은 것이 몇 개씩 쌓여 있었다. 엄마는 보험회사를 다니는 동안 실적이 괜찮을 때마다 상으로 그릇과 프라이팬, 수저 세트와 피크닉 가방 같은 걸 타왔다. 그들은 얕은 먼지가 앉기 무섭게 깨끗이 닦인 채 언젠가의 쓸모를 기다리고 있었다. 나는 어릴 때부터 왜 헌것을 버리지 않을까, 저기 새것을 쓰지 않을까 궁금했는데 한 번은 엄마가 이리 말한 적이 있다.
"저건 있잖아, 나중에 나중에 좋은 날에 쓸 거야."
알 수 없는 어느 좋은 날을 위해 좋은 그릇과 좋은 프라이팬이 나이 들고 있었다. 엄마의 것이었을까, 엄마의 것이 아니었을까.

'이제 이런 거 좋은 거 새거 쓰면서 살아.' 꿈속에서 외할머니에게 건넨 말은 어쩌면 당신에게 해주고 싶은 말이었는지 모른다. 엄마가 다시 살고 싶은 살림인지도.

기적 같은

방광을 비롯해 심각한 부작용 때문에 항암을 연기하고 조금 일찍 당겨 찍은 CT 결과를 듣는 날이다. 방사성 물질을 주입해서 전신의 암 전이를 스캔하는 PET CT라는 검사도 함께 진행했다. 방광 검사 결과는 며칠 전에 먼저 나왔다. 역시 상태가 엉망이었다. 항암을 계속하기엔 감수해야 하는 위험이 컸다. 오늘 결과는 또 무엇을 말해줄까. 혹시라도 뭐든 좋은 소식이 있을까. 의사는 길지 않게 컴퓨터 모니터를 이리저리 보더니 혈액검사 수치도 훑었다.

"일단 좀 지켜봅시다. 한 달 뒤에 보죠."

전혀 예상하지 못한 말이었다. 엄마와 나는 어안이 벙벙해져 눈만 깜빡거리다 다시 물었다.

"네? 대체 무슨…?"

의사가 짧게 설명을 덧붙였다. 일단은 암 수치가 높지 않다. 수술 직후에 찍었던 CT와 이번에 찍은 CT를 비교하면 암이 아주 많이 줄었다. 환자의 부작용이 너무 크니 한 달 후에 피 수치를 다시 보자. 그러니 일단은 항암을 중지해도 괜찮겠다.

그 말을 듣는 동안 심장이 터질 듯 뛰었다. 아무 감정이 섞이지 않은 의사의 음성이 점점 크게 귓가에 울렸다. 항암 없이 당분간 지켜봐도 되겠다는 말이다. 상태가 그만큼 호전되었다는 뜻이다. 그간의 치료가 효과가 있었다. 그간의 고생이 헛되지 않았다.

진료실을 나와서 엄마는 내 품에 안겨 몇 번이나 떨었다. 간신히 정신을 차리고 아버지에게 전화한다. 저 건너 아버지의 젖은 목소리를 듣고서야 엄마는 울음을 터뜨렸다. 고작 한 달이라는 시간이래도 상관없었다. 꿈에라도 듣고 싶던 소식 앞에 한없이 어지러웠다.

4부

이팝나무 새순으로 돌아날 거라면

아주 작은 엄마가 악몽을 꾸었다고 눈 비비며 나올 때.

무슨 꿈 꿨는데?

아휴, 카바레 놀러 갔는데 아부지한테 걸려서 뒤지게 맞았네.

상상하지도 못한 악몽의 실체에 웃음이 터질 때.

멋쩍은 엄마가 따라 웃을 때.

둘이 마주 보고 서로가 웃겨서 계속 웃음이 쏟아질 때.

눈을 감아도 자꾸자꾸 생각나 오늘 같은 밤 속에서 일 년이고 십 년이고 숨어 있고 싶을 때.

계속

스물두셋쯤 되었을까. 젊은 여자가 항암제를 맞는 동안 그의 남자친구는 바짝 붙어 앉아 별 시답잖은 말을 해댄다. 어제 먹은 수박씨가 누렇다는 둥 항암 맞고 뀐 방귀는 냄새가 더 독하다는 둥. 다른 침대 눈치를 보면서도 참을 수 없는 웃음을 서로에게 붓고 잠깐 커튼을 칠 때는 쪽쪽 소리도 들린다.

아빠 주사 끝나기를 기다리는 아들은 몇 시간째 게임에 빠져 있다. 간호사가 커다란 링거 몇 병을 가져와 바꿔 끼우는 동안 아들은 잠시도 휴대폰에서 눈을 떼지 못했다. 그래도 아빠는 아이의 머리카락을 넘겨주고 오렌지 주스 병을 따서 건넨다. 너의 날들을 여기에 데려와 미안해. 그의 손이 이리 말하는 것 같았다.

나란히 누워 항암을 맞는 두 노인은 언제 친해졌을까 며느리 흉보는 재미가 한창이었다. 찌개 간 하나를 제대로 못 맞추는 며느리, 아무리 봐도 내 아들이 아까운 며느리였다가 이내 아픈 시어머니 먹이려고 백김치를 새로 담그고 며칠이나 응급실을 지켰던 며느리가 되었다. 세상에 저리 죽이 잘 맞는데 왜 이제야 만났는가, 똑똑 쉼 없이 떨어져 내리는 약병이 까맣게 잊혔다.

통증과 슬픔이 엎지 못한 사람들이 있었다. 감히 암 따위가 멈추지 못했다. 삶에 잇대어 삶이었다.

봄의 경주

병원 앞 작은 공원에 봄이 깊었다.

벚꽃이 통통하게 살이 올라 터질 듯 부풀어 꽃잎을 쏟았다.

잿빛 콘크리트 건물 사이로 한창 꽃의 폭우다.

건너편 벤치에는 노인 셋이 모였다.

귀가 잘 들리지 않는 탓에 잔뜩 커진 그들의 목소리가

이쪽까지 선명하게 들린다.

어쩜 우리 딸이 아침에 죽을 쑤어 왔는데

전복이 이만씩 이만씩 해서.

우리 아들이 이번에 승진했잖아.

지 엄마 병원 다니면서도 일을 얼마나 똑 부러지게 했는지.

둘째가 현미차를 시켜준다는데 어디 거가 좋나?
유기농이 더 비싼데 그걸로 시켜준다던데.
세상에 제일 잘난 아이들을 모두 모아놓았다.
어느 사람 빼거나 물러서지 않는다.
서운한 자식 하나 아쉬운 자식 하나 없었다.

온통 예쁘고 착한 아이들의 이야기가
봄의 정원을 달린다.
병든 엄마가 모인 자리마다 자식 자랑 경주가 열렸다.
가장 늙고 아픈 몸이라도 뒤처지지 않았다.

누군가 물으면

몸이 회복되는 속도는 생각보다 빨랐다. 복부 통증이 눈에 띄게 줄고 점점 입맛도 돌았다. 다시 산책도 시작했다. 얼마 전부터는 일주일에 서너 번 한강에 나가 한 시간 남짓 걸을 정도로 체력이 올라왔다. 암이 줄었다는 소식은 엄마에게 몇 년 치 젊음을 돌려준 듯 보였다.

지하보도를 통과해 강변에 나가면 한강공원 산책길은 양쪽으로 갈라졌다. 어디로든 그날 내키는 대로 왼쪽 길이나 오른쪽 길을 택했다. 같은 한강이지만 보이는 풍경이 한참 달랐다. 십여 분쯤 걸으면 엄마는 이제 수덕사의 여승이나 여자의 일생 같은 애창곡을 나지막이 흥얼거렸다. '참을 수가 없도록 이 가슴이 아파도 여자이기 때문에'라는 첫 구절을 지나 '고달픈 인생길을 허덕이면서'라고 이어지는 노래. 가사는 시렸지만 엄마의 목소리는 맑았다. 나는 아는 부분을 따라 부르다 음정이 틀리고 엄마는 역시나 틀린 음정으로 내 노래를 고쳤다.

오늘은 여기까지, 내일은 한 걸음 더, 다음 날은 거기서 또 조금 더. 남들 보기에 아무것도 아닌 듯해도 우리는 뭔가 대단한 도전을 하는 사람들 같았다. 하루에 딱 100미터씩만 더 가면 어느 날 엄마는 세상 끝에라도 닿을 사람이었다.

길 중간에는 운동기구로 잠깐씩 몸을 풀었다. 비슷한 일과가 반복되며 처음에는 이거저거로 불리던 기구들이 어느새 우리만 아는 이름을 갖게 되었다. 원래 오금 펴기라고 안내판이 걸려 있는 다리 기구의 이름은 으쌰으쌰가 되었다. 회전판 위에 올라가 봉을 잡고 허리를 푸는 기구의 이름은 도리도리다. 가장 인기가 좋은 공중 걷기에는 뛰뛰라는 이름을 붙였다. 나는 뛰뛰 먼저 할 거야. 엄마 도리도리 몇 번 했어? 이런 식이다. 오늘은 엄마가 50개의 으쌰으쌰를, 100개의 뛰뛰를 해냈다. 깡마르고 헐거운 발목은 다시 늠름하게 증명하고 싶은지 모르겠다. 이 병을 이길 수 있어. 한 치의 의심도 없이 나는 다 믿겠다.

돌아오는 길. 이번에는 엄마가 갑자기 들썩들썩 어깨춤을 추기 시작했다. 그러는 동안 뒤따르던 사람들 몇몇이 우리를 이상한 듯 쳐다보고 지났다. 뭔 상관이래! 내친김에 엄마의 조그마한 엉덩이가 울렁울렁 바람을 탄다. 나는 얼른 휴대폰을 꺼내 동영상을 찍었다. 그러다 다시 집어넣고 양손 검지 손가락을 하늘로 땅으로 꽂으며 손가락 디스코를 춘다. '견딜 수가 없도록 외로워도 슬퍼도' 처량한 가사에 즐거운 춤이 붙는다. 아픈 몸을 이끌고 우리는 다시 삶의 밝은 편으로 돌아가고 있었다.

어느 영화에서 어느 동화에서 이런 저녁이 있었을까. 한강에 벌어진 작은 춤판을 보자고 천천히 노을이 모인다. 누가 행복이 뭐냐고 물으면 오늘을 꺼내줘야 한다.

농담

같은 아파트에 중견배우가 한 명 사는데 그가 분리수거를 하러 나와 있었다. 아침부터 컨디션이 괜찮은 엄마는 그저 몸 어디가 아프지 않다는 것만으로 기분이 좋다. 지난번에 한번 얼굴을 봤다며 얼른 쫓아가 그에게 인사를 건넨다.

"어머, 제가 팬이에요. 엊그제 방송 나오던데 너무 잘 봤어요."

엄마가 언제부터 그의 팬이 되었을까. 그는 이런 인사치레쯤 익숙하다는 듯 허리를 펴지 않고 분리수거를 계속 이어 하며 아, 예, 고맙습니다, 굵고 진한 목소리로 답했다. 인사를 나눴으니 이제 각자 일 보자는 의미로 나는 받아들였는데 엄마는 그러거나 말거나 상관없이 계속 말을 붙인다.

"운동을 아직도 잘하더라고요? 방송에서 너무 잘 생기셨더라. 분리수거를 직접 하시나 보네. 그나저나 언제부터 여기서 사셨어요?"

쉬지 않고 계속되는 질문에 엉거주춤 그는 영 난감해 보였다. 나는 엄마의 손을 잡아끌며 눈치를 준다. 일방적인 위장 팬미팅을 끝내고 장을 보러 가려는데 갑자기 엄마가 진지한 표정을 지었다.

"집에 있는 약 좀 먹고 올 걸 그랬나 봐."

"왜? 어디 아픈 거 같아?" 나는 놀라 묻는다.

"아니, 그게 아니라, 오랜만에 잘생긴 남자랑 얘기했더니 가슴이 콩닥거리네. 히히."

웃음소리가 너무 커서 주변을 살핀다. 엄마는 하염없이 신이 났다.

시장에 도착해서 새로 문을 열었다는 과일가게에 들렀다. 7개에 5천 원 하는 사과를 고른다. 젊은 주인이 흠집 많은 사과 하나를 덤으로 얹어준다. 값을 치르고 돌아서며 나는 엄마에게 물었다.

"저 총각이 엄마한테 관심 있나 봐."

"어머, 너 미쳤냐?"

"그래도 절대로 절대로 아빠 버리면 안 돼, 알았지?"

"고생을 그렇게 했는데. 새로 시집가면 저놈이 잘해주려나?"

그동안 아꼈던 농담과 장난을 다 쏟아내려는 듯 아무 데도 쓸 곳 없는 말들이 터져나왔다.

또 있다. 이번에는 동네 놀이터에 허리 반듯하고 늘씬한 노인 하나가 꽤나 과격하게 체조를 하고 있었다.

"저이는 어쩜 허리도 없는데 저리 운동을 잘해."

그럼 나는 순식간에 중매쟁이가 되었다.

"왜? 맘에 들어? 소개해줄까?"

그때 과하게 멋을 부린 할머니 한 분이 골목을 돌아 나온다.

이번에는 엄마가 내 옆구리를 쿡 찔렀다.

"야, 저기 니 여자친구 간다."

웃고 또 웃었다. 우리는 지나며 이 사람 저 사람 험담도 실컷 하고 빵빵 경적을 울리며 달리는 자동차도 맘껏 욕했다. 연예인 흉도 많이 봤다. 무용한 말장난이 봄꽃처럼 첫눈처럼 하루를 덮었다. 무게도 없고 진지할 것도 없고 긴장할 것도 없는 말이라면 뭐든 다 좋았다. 순간순간 도망가 버릴까 무서울 만큼 끝도 없이 좋았다.

떠날 때

종종 죽음에 관해 이야기를 나눴다. 어떤 사람은 그런 건 온전히 남겨진 이들의 몫이라 생각할지 모르겠다. 나 역시 같은 생각이었다. 무슨 의미로 다가올지, 엄마의 심정이 어떨지 도저히 헤아릴 수 없었기 때문이다. 죽음이란 낱말은 너무 날카로워 모두 다 베이고 말 것 같았다.

그러다 나는 어렴풋이 죽음에 관한 대화가 꼭 나눠야 하는 이야기라는 걸 알게 되었다. 몇 권의 책을 읽으면서부터다. 죽음이 무엇이어야 하며 우리가 어떻게 마주해야 옳은지에 관한 고민과 연구. 저자마다 생각은 조금씩 달랐지만 적어도 죽음이 금기시할 문제가 아니라는 데에는 입장을 같이 했다. 당사자와 가족이 진지하고 솔직하게 충분한 시간을 갖고 펼쳐내야 한다고.

4기라는 말을 들었을 때, 수술도 못 마치고 배를 덮어야 했을 때, 생존율이 낮은 암인 걸 알았을 때, 우리에게 남은 시간이 길지 않을 수 있다는 사실을 마주해야 했다. 나는 오로지 늦지 않고 싶었다.

화내지 않기.

슬프지 않기.

미안해하지 않기.

속으로 대화의 규칙을 두 번, 세 번 되뇌었다. 그저 감춰두는 게 사랑은 아니라고 믿기로 했다. 그리고 무엇보다 엄마를 믿었다.

이런저런 생각을 떠올리는 것과 죽음의 전 과정을 구체적으로 상상한다는 건 전혀 다른 문제였다. 나는 상조에 관해서 물었다. 대전과 서울 사이 장례식장을 어디로 하고 싶은지에 대해서도 이야기를 나눴다. 엄마는 어느 은행에 예금을 얼마나 해뒀는지 일러주었다. 한 번에 말고 조금씩 조금씩. 안개만큼 뿌옇고 모든 걸 집어삼킬 것 같았던 공막한 이야기는 천천히 실체를 갖추게 되었다.

종종 TV에서 수목장에 대해, 잔디장과 납골당에 대해 다루는 프로그램이 나오면 엄마는 이런저런 질문도 던지곤 했다.

"너는 저거 어떻게 하는 줄 알아?"

"저런 거는 돈이 얼마나 드나."

언젠가 그날이 오면 당신 눈에 아직 어리고 철없는 내가 혼란 속에서 아무것도 하지 못할까 염려하는 것일지 모른다고 생각했다. 아무 준비가 안 된 채로 엉망진창 내가 남겨질까 더 걱정될지 모른다고.

오늘은 장지에 관한 이야기를 해야겠다. 나는 알고 싶었다. 평생 뜻대로 한번 살지 못한 당신이 가장 쉬고 싶은 곳이 어디인지. 햇빛이 잘 드는 잔디밭인지 아니면 곧고 푸른 나무 아래인지. 열 번 스무 번 연습하고 물었다.

엄마.

나중에, 정말 나중에 그날이 오면.

엄마는 어디에 있고 싶어?

이팝나무

한강 변 여기저기에 이팝나무 새순이 막 돋아나 가로등 조명 사이로 별인 듯 빛났다. 밤 산책을 나섰다가 멍하니 그걸 바라보던 엄마가 말했다.

정훈아. 엄마 죽으면 저걸로 태어날 거야. 날마다 와서 봐.

나무를 지나쳐 자꾸 뒤를 돌아보다 다시 뛰어가 사진 한 장을 찍어 돌아왔다. 새벽까지 나무가 잊히지 않아서 휴대폰을 켰다가 껐다가 한다. 그 안에 나무 하나가 밤 사이로 눈부시다 슬펐다 한다.

그럼 나는 이다음에 무엇으로 나야 좋을까.
엄마가 죽어 이팝나무 새순으로 돋아날 거라면.
나는 죽어 밤으로 태어나면 어떨까.
여린 잎 떠는 밤마다 은하수를 지어줄 수 있으면.

자꾸 눈을 비벼보아도 사진 속 이팝나무 새순이 약속할 정도로 반짝거렸다.

추모공원

장지에 관한 이야기를 꺼냈을 때 엄마는 마치 기다려온 사람 같았다. 놀라지 않았고 슬프지만 평온해 보였다. 납골당이든 잔디장이든 수목장이든 상관없다고 했다. 다만 서울에 사는 내가 자주 올 수 있는 곳이면 좋겠고, 대전 고향의 아버지와 이모들 역시 가끔 들를 수 있는 곳이면 충분하다고. 대전과 서울 사이 추모공원을 다 뒤졌다. 세종시에 관심 가는 곳이 있었다. 사람들 평이 좋았고 언젠가 엄마의 친구가 집안 어른을 그곳에 모셨는데 깨끗하고 좋더라는 말을 전한 적도 있었다.

"우리 한번 가볼 수 있을까?"

엄마는 나만 괜찮다면 그곳에 직접 가서 보고 싶다고 말했다. 비용은 얼만지 빛은 잘 드는지 시설이 어떻게 자리 잡고 있는지 알고 싶다고. 대전에 들러 하루를 자고 아버지까지 모시고 세종으로 향했다. 엄마가 이모들과 전화 통화를 하며 추모공원에 한번 가본다니 무슨 그런 곳을 미리 가보냐며 펄쩍 뛰는 모양이었다. 엄마는 담담하게 답했다.

“뭘 그렇게 모르는 소리를 자꾸 해. 준비를 잘해두면 더 오래 산다잖아.”

추모공원에서 안내를 맡은 사내는 친절한 사람이었다. 개인 납골당은 얼마, 기간은 언제까지, 연장은 어떻게 하는지, 부부 납골당은 또 어떤지 차근차근 설명했다. 우선순위를 뒀던 가족 수목장은 지금은 자리가 없단다. 내년에 나무를 심으면 그다음 해쯤 자리가 날지 모른다는 말을 덧붙였다. 마치 새집 분양을 기다리듯 수목장 자리를 기다려야 한다는 게 참 기묘한 일이라고 생각했다. 수목장 외에도 납골당과 잔디장이 있었다. 납골당을 두고 예전에 엄마는 죽은 사람들의 아파트라고 말한 적이 있다. 그러며, 사실 아파트가 좋아, 라는 말도 했다. 그런 곳에 있으면 답답할 것 같아, 볕 바른 곳이면 참 좋겠어, 라고도 했다. 다행히 납골당은 상상했던 것보다 공간이 넓었고 햇빛도 잘 들어왔다. 문제는 선착순이라 바닥에 가까운 1층이 될지 천장에 가까운 8층이 될지 아니면 얼굴을 마주 볼 수 있는 눈높이의 중상층이 될지 알 수 없다는 점이었다. 중상층에 가기 위해 유골함을 집에 모셔 두고 대기하는 사람도 있다는 말은 좀 비현실적이었다. 잔디장은 차를 타고 조금 올라가면 넓게 펼쳐지는 언덕에 자리 잡고 있었다. 강렬하고 눈부신 햇빛이 잔디 위로 가득 쏟아져 내렸다. 봉분이 없는 평장묘라도 적당히 큰 비석 같은 걸 기대했는데 너른 잔디에 서로 1미터쯤 차이를 두고 고작 손바닥만 한 표지석이 바닥에 박혀 있었다. 생각보다 작을뿐더러 너무 촘촘해서 조금 놀랐는데 엄마는 가만히 하늘을 올려다보더니 이 정도면 괜찮네, 라고 말했다. 사람들이 놓아둔 국화며 장미며 온갖 꽃들이 잔디장의 주인 앞이 아니라 별도의 추모 공간에 따로 모아져 있었는데, 저 꽃을 받은 망자들이 헷갈리지 않을까 나는 맥없이 생각했다.

한 가지 장점은 고인을 모실 때 바로 옆 몇 자리를 미리 사두는 게 가능하다는 것이었다. 남은 가족들이 묻힐 자리다. 언젠가 아버지와 어머니가 묻힌 옆에 나도 묻히고 나의 가족도 묻힐 수 있다는 말에 막연하게 안심이 되었다.

엄마는 추모공원을 둘러보는 동안 내 생각보다 훨씬 차분했다. 원래 한두 군데 더 돌아볼 계획이었지만 금방 죽는 거 아니니 이 정도면 됐다고 말했다. 나는 그게 오늘은 이쯤 보고 다음에 다른 곳을 보자는 말인지, 더 볼 필요 없이 여기면 되겠다는 뜻인지 헷갈렸지만 다시 물어보지 않았다.
아버지도 나도 엄마도 돌아오는 길에 아무도 말을 하지 않았다. 집에 들어와서는 다시 아무렇지 않게 이런저런 얘기를 주고받으며 소고기를 듬성듬성 썰어 넣은 뭇국에 조기를 구워 푸짐한 저녁을 먹었다. TV를 보다 다른 날처럼 잠이 들었다.

어느 날의 죽음. 그 후에 자신이 누울 곳을 둘러보는 마음. 장지를 고르는 이상한 하루. 내가 상상할 수 없이 여무진 엄마가 오늘은 더 강해 보이기도 하였고, 작은 몸이 한정 없이 더 가여워 보이기도 하였다. 오늘을 선명하게 기억하고 싶기도, 까맣게 잊어버리고 싶기도 하였다.

대전과 서울

한 달은 생각보다 빨리 지났다. 추적검사를 하는 날이다. 다시 몇 번이나 바늘을 찌르는 채혈. 고작 몇 시간이 몇 달처럼 느껴지는 기다림. 두근거림. 기대감과 두려움이 이어졌다. 1년 넘게 해온 일들은 아직도 적응되지 않는다.

혈액검사 결과가 나왔다. 다행히 암 수치는 큰 변화가 없었다. 여전히 보통사람은 물론 항암을 완료한 다른 환자보다 높은 수치였지만 간당간당 그래도 정상 범위다. 주치의는 잠시 생각하는 듯 보였다.

"다음에 봅시다."

다시 한 달의 시간을 우리에게 내준다. 의사의 한마디가 구원같이 울린다.

그렇게 한 달. 또 한 달. 검사는 곧 3개월에 한 번씩이 되었다. 엄마는 나은 것이 아니라 다만 항암을 중지하고 있는 상태. 아슬아슬 외줄을 타는 기분이었지만 그래도 까마득히 멀어 보이던 일상이 손에 잡힐 듯 가까웠다. 실제로 주변에는 엄마처럼 항암을 중지하고도 암이 더 이상 자라지 않아 암과 함께 10년 이상을 살아가는 사람들이 있었다. 우리는 정말로 기적 가까이 와 있는지도 모른다.

엄마는 이제 몇 주는 대전, 그다음 몇 주는 서울에서 지낸다. 서울에 머무는 동안에는 도움이 될 만한 보조 치료를 받았다. 대전에서는 아프기 전처럼 이모들을 만나고 집안일을 하고 동네 산책을 다니며 반짝이는 보통의 하루를 보냈다. 여전히 항암 부작용 때문에 손끝 발끝을 바늘로 찌르는 듯한 통증에 시달리고, 채 한 시간을 걷지 못해서 체력이 급격히 바닥나 버리지만 있는 힘껏 평범한 매일을 살았다.
머리를 감고 나온 엄마가 단정하게 빗질하고 가방에 몇 개 되지 않는 화장품과 속옷을 챙기며 대전 갈 채비를 하고 있다. 나는 엄마의 병이 아직 한참 남아 있음을 상기시키는 악역을 잊지 않는다.

"알지? 이거 약 빼먹으면 안 되고. 무리하지 말고. 스트레스 받으면 안 되고."

크지 않은 가방에 한가득 잔소리를 같이 담았다. 쉿! 엄마는 손가락을 들어 조그마한 입술에 갖다 대며 나를 흘겨보다 웃는다. 색 바랜 이에 햇살이 앉아 유리알 같았다.

책

부모의 얘기를 쓰는 건 글 짓는 사람들의 꿈 같은 거라고 글 쓰는 동료가 말했다. 나 역시 첫 책을 내고 언젠가 그런 때가 있으면 좋겠다고 생각했다. 다만 이런 날 이런 방식이 될 줄 상상도 하지 못했다.

"엄마에 대해서 책을 쓰기로 했어."

"진짜? 어머나 웬일이야!"

당신이 주인공이 된다는 말은 이상하고 또 신기했다. 책 소식은 두고두고 엄마의 마음을 들락거렸다.

"나 유명인 되면 어떡해?"

"어휴, 걱정하지 마셔."

"그럼 이깃도 쓸 거야? 이 얘기도? 그런 거 쓸 거면 얘기 안해줄래. 창피하게."

실컷 말을 하다가 내가 휴대폰을 켜서 메모하는 것 같으면, 너 이런 얘기 책에 쓸려고 그러지? 그럼 안 할래, 금세 감추기도 했다. 평범한 사연이 어느 순간, 맞다, 책에 쓸려면! 말도 안 되는 살이 붙어 과장되기도 하였다. 얼굴도 못 들고 다니는 꼴 보려고 그래? 다른 건 다 써도 소같이 일만 한 얘기는 쓰지 마. 당신의 가난과 억척스런 삶이 들킬까 걱정도 생겼다. 하얗게 웃다가 후끈 목덜미가 달아올랐다.

투병을 시작하고 얼마 지나지 않았을 때 세상을 허투루 살았다고 엄마는 내게 말한 적이 있다. 이 책을 다 쓰면 나는 혹시 알려줄 수 있을까. 보여줄 수 있을까. 당신이 아니고서는 그 누구도 할 수 없는 일들을 얼마나 멋지게 해냈는지. 그럴 수 있다면 문장마다 짙은 감정으로 질퍽거려도, 엄마가 보여주고 싶은 모습만 장황해도 괜찮을 것 같았다. 엄마는 이 책의 마지막 장에 어떻게 등장할지도 벌써 정해두었다.

"그럼 제일 끝에는 내가 암 이긴 얘기가 있겠네?"

나는 꼭 같은 마음이라 제대로 시작도 못 한 책의 마지막 문장을 먼저 적었다.

'가장 깊은 밤을 건너 엄마는 기적처럼 살아남았습니다.'

어죽

어죽은 민물고기를 갈아 끓인 음식이다. 추어탕보다는 덜 텁텁하고 매운탕보다는 훨씬 걸쭉하다. 죽 안에는 이런저런 나물이 들어 있다. 심지어 국수와 팥까지 섞인다. 비릿한 맛과 구수한 맛이 동시에 올라온다.

출판사와의 미팅 자리에서 대표 겸 편집장이 근처 맛집이 있다며 어죽 집 한 곳을 추천했다. 바람 쐴 겸 파주 출판단지까지 동행했던 엄마는 회의하는 동안 근처 언덕을 산책하는 중이었다. 미리 다른 식당을 알아뒀던 터라 밥은 거기에서 먹고 대신 추천받은 집에 들러 어죽을 포장해 돌아왔다.

다음 날 엄마는 처음엔 긴가민가 간만 보는가 싶었는데 금세 환한 얼굴이 되어 한 그릇을 뚝딱 해치웠다.

"어쩜, 정신 줄도 놓고 먹었네."

자랑하듯 배를 이만큼 내놓고 툭툭 두들겼다.

"어릴 때 장마가 지면 강이 불어 흙탕물이 동구나무 아래까지 올라왔어. 그러면 니 외할아버지가 족대를 가져다 허리까지 물에 들어가서는 바닥을 쭈욱 훑는 거야."

죽 한 그릇에, 밥알과 국수 사이에 오랫동안 잊었던 이야기도 잔뜩 섞여 있다.

"족대를 탁 쳐서 이쪽 바닥으로 휙 올리면 그 안에 뱀장어랑 메기가 수두룩했지 뭐야. 모래마주랑 딸치도 있었어. 장어는 먹을 줄 몰라서 다 버리고, 그게 이렇게 귀한 음식이 될 줄 알았나. 그러고 몽땅 때려 넣어 죽을 끓이는 거야. 얼마나 맛있나 몰라. 그런 날은 진짜 잔치 같았어. 마당 큰 솥에 팔팔 어죽이 끓고 온 식구가 다 나와서 먹었어."

죽과 추억을 쓱쓱 긁어 먹고 저녁까지 배가 불렀다. 잡어가 팔팔 끓는 솥단지 김 사이로 얼핏 설핏 어린 정숙이가 보였다. 비리고 얼큰한 물고기 냄새. 생전 모르던 이 냄새를 나도 아주 오랫동안 좋아한 듯 착각마저 들었다.

비슷한 슬픔

나처럼 글을 쓰거나 아니면 그림을 그리며 창작 작업을 하는 몇몇 동료들과 회의가 있었다. 공공기관의 예술인 지원사업을 통해 새로 알게 된 사람들이다. 각자 진행하는 프로젝트에 관해 의견을 나누는 자리였는데 영상 감독은 돌림노래를 만들고, 연극인 하나는 할머니의 늙고 깊은 날들을 기록한다. 누구는 암 환자를 위한 뷰티 살롱을 준비하고, 사라져가는 소극장을 지키기 위한 캠페인을 고민하는 영화인도 있었다.

대화는 자연스레 이런저런 사는 얘기로 이어졌는데 하나가 사뭇 진지하게 할 말이 있다더니 한참 머뭇거렸다. 뜸을 들이다 말을 꺼냈다.

“일주일 전에 실은 위암이라는 얘길 들었어요.”

긴 침묵이 내려앉았다. 정확한 나이는 물은 적 없지만 20대, 많이 잡아도 30대 초반을 넘지 않을 것이다.

그의 고백이 어떤 경계를 허물었던가 보다. 다른 예술인 하나도 몇 해 전 암 수술을 받았노라 말했다. 나는 엄마의 투병에 관해 이야기했다. 저마다 형제가, 친한 친구가 암이나 심각한 질병과 싸우고 있었다. 모두가 아프거나 아픈 이 곁에 있었다. 훌쩍. 누가 콧물을 들이켰다. 훌쩍. 어디서 또 눈물이 새었다.

다른 듯 닮은 슬픔. 당신의 저림을 알 것도 같아서 우리는 함부로 위로하지 않았다. 서로에 반사되는 고통이 있었다. 통증은 아무래도 사라지지 않을 것이다. 작아지지도 않는다. 단지 아픔과 아픔을 이을 뿐. 슬픔에 슬픔을 포갤 뿐. 모두 다 아픈 것을 알고는 마음의 모서리 하나가 몽톡해졌다. 눈 덮인 밤의 숲을 서로 발자국을 겹치며 나란히 걷는 기분이었다.

수선화

꽃다발을 받았다. 일을 맡고 있는 문화공간에서 준비한 행사 자리였다. 꽃은 아직 피기 전 봉오리들. 집에 담을 만한 크기의 화병이 없어서 커피를 내리는 유리 물병을 가져다 한 송이 두 송이 엄마와 같이 꽃을 꽂았다. 잎을 솎아내고 줄기 길이를 조금씩 다르게 잘라 아직 덜 핀 것을 안으로 빈 데 없이 동그란 모양이 되도록 만든다.

공짜로 들어온 꽃을 엄마는 내 기대보다 훨씬 좋아했다. 이런 꽃 한번 아까워 못 샀는데, 하며 근처를 서성거리고 자꾸 만져본다. 예전에 무슨 날 무슨 날 챙겨서 꽃을 사 올 적엔 그리 타박하더니. 저리 좋은 것을 어떻게 감췄나. 이제서 마냥 더 좋은가. 별거 아닌 꽃 몇 송이가 약이 되어 엄마의 생채기를 덮는다. 별이 되어 응달을 지운다.
엄마는 살림 여기저기에도 꽃 냄새를 묻혔다. 수건에도 이불에도 향기가 났다. 로션을 바를 때도 하품을 할 때도 엄마 얼굴에 꽃잎이 비쳤다. 이 꽃 이름이 뭔 줄 알아? 알스트로메리아래. 수선화 종류야. 여러 번 일러줘도 금방 까먹고 알레야, 발레야 멋대로 이름을 바꿔다 꽃에 말을 걸었다. 목말라? 물 갈아줘? 아이고, 예뻐라.
저 잎이 뭐라고 이리 분주한 하루. 꽃 하나 기억이 좋아서 한철 전부 아름다울 수 있을까. 잎이 질 때마다 새 꽃을 들이면 두고두고 봄일까. 작고 힘센 수선화 한 다발이 엄마 곁에 오래오래 살았으면 좋겠다.

새댁

시집가는 딸에게 외할머니는 아무것도 해줄 게 없었다. 외할아버지가 농사를 지은 목화솜을 기워 그래도 양단 이불 한 채를 장만했다. 지게꾼이 엄마를 따라 버스를 타고 이불을 날랐다. 그것 빼고 친정에서 가져온 건 아무것도 없었다. 시집은 방이 세 칸 있는 흙벽집이었다. 친정보다는 그래도 형편이 좋아 보였지만 살림은 엉망이었다. 시아버지는 돌아가신 뒤였는데 시어머니가 중풍에 걸려 당신 속옷도 혼자 갈아입지 못했다. 아버지의 형, 즉 큰아버지는 분가해 옆 동네에 살았고 고모도 시집을 간 다음이었지만 삼촌 셋이 남아 있었다. 엄마는 하루아침에 중풍 걸린 시어머니와 시동생 셋의 살림을 도맡아야 하는 처지가 되었다.

사촌기 시동생들은 뭐라도 트집 될 만한 걸 찾아서 어리고 만만한 형수에게 생떼를 부렸다. 반찬이 맘에 안 들면 마당에 밥알을 뱉었다. 남자만 가득한 집에 땀내 나는 옷가지며 수건이며 시어머니 용변 묻은 속옷까지 빨래는 날마다 쏟아져 나왔다. 수돗물을 들이지 않아서 샘물에서 타래박으로 물을 퍼 빨았다. 그 식구 삼시 세끼를 다 차려내고, 쓸고 닦고 새벽부터 밤까지 쉴 틈이 없었다.

안방은 할머니가 쓰고 골방이 두 칸 남았는데 그중 하나를 아버지와 엄마가 썼다. 작은 방에는 신혼살림이라 부를 만한 농짝 하나 없었다. 언젠가 엄마는 동네 어른이 아버지에게 이리 말하는 걸 들었다.
"지지리 못난 게 농 하나도 못 해오는 여자에게 장가를 가냐?"
그 말이 가시처럼 박혀서 50년이 넘도록 잊히지 않았다. 친정에서 못 해온 그 농을 어떻게든 들이고 싶어서 아버지가 타일을 붙여 벌어오는 돈을 악착같이 모았다. 살림을 쪼개고 먹을 걸 줄여가며 제대로 된 두 짝짜리 장롱 하나를 마련하는 데 2년이 걸렸다. 당시 돈으로 2만 원짜리 농이었다.

꿈에 그리던 농이 들어오는 날. 너무 신이 났던지 방에 둘 것만 생각했지 바보처럼 방문의 크기를 계산하지 못했다. 집으로 가져온 농은 작은 골방 문을 통과할 수 없었다. 인부와 온 집안 식구가 매달려도 소용이 없었다. 그때 시숙부가 톱을 가져와서 아예 문을 잘라버렸다. 문을 걷어내고 벽돌을 뺀 뒤에야 농은 간신히 들어가 자리를 잡았다. 엄마는 시숙부를 볼 때마다 갚기 힘든 빚을 진 것 같았다.

그 장롱이 기억난다. 내가 열 살이 될 때까지 우리 집에 놓여 있던, 튼튼하지만 거무튀튀하고 볼품없던 농. 문짝에 대나무 비슷한 무언가 그려져 있던 곰같이 미련하게 생긴 농. 세 식구가 입는 옷가지와 이불까지 고작 두 칸짜리 농 하나로 어찌 버텼을까. 엄마는 2만 원짜리 농짝을 18년간 썼다.
"어째 살았어, 이정숙. 참 지독하게 살았네."
"그래도 있잖아, 나중에는 나 없으면 안 된다고 했어. 니 할머니가 동네 사람들한테 이렇게 말하고 다녔어. 둘째 애는 똥도 남 주기 아까운 애야."
할머니의 그 말이 또 50년을 훈장처럼 엄마 가슴에 달려 있었다.

똥도 남 주기 아깝다는 그 집 스무 살 새댁이 까맣게 늙어 일흔 노인이 되었다. 새벽부터 밤까지 병든 노인과 사내 넷 살림을 건사하던 독하고 바지런한 몸은 꺾이고 부서져 앙상히 뼈만 남았다.

그날 밤에 엄마 몰래 놀이터로 나가서 담배를 한 대 피웠다. 달도 없어 구분되지 않는 흐린 담을 고양이 한 마리가 넘어가고 있었다.

고양이

못 배우고 가난해서 열심히 사는 것 말고는 할 줄 아는 게 없던 노인이 주섬주섬 멸치 몇 개를 꺼냈다.
길에서 동냥하는 고양이 한 마리가 밥을 얻어먹는 척 윤기 없는 털을 마른 발목에 비볐다.

아가.

노인이 부르는 소리가 하도 고와서 나는 멸치도 없으면서 잠시 끼어 앉아 고양이 꼬리를 한두 번 잡아보려 했다.
바닥에 떨어진 부스러기를 집다가 노인과 잠시 손이 닿는다.

아가, 뭐 하다 인제 왔을까나.

고양이는 대꾸 않고 멸치 대가리만 핥았다.
노인만 기다릴 저녁이 기약 없었다.

연명치료거부의향서

정확한 이름은 사전연명의료의향서다. 암병원 1층 로비 한 편에는 언제나 사전연명의료에 대한 문의가 가능하다는 안내문이 붙어 있었다. 병원에 오갈 때 눈에 들어왔다. 그러나 엄마는 보지 못한 눈치다.

TV에 연명치료거부에 관한 이야기가 나올 때마다, 토크 프로그램에서 중견배우들이 관련한 말을 주고받을 때마다 엄마도 저걸 하고 싶다고 말했다. 이미 임종이 가까웠을 때 죽음의 순간을 잠시 늦추기 위해 고통을 감내하고 싶지 않다고 했다. 의식이 없다면, 또 의사의 판단에 가망이 없다면 강제로 숨을 붙잡고 있음으로 남겨진 이들에게 짐을 지우고 싶지 않다고도 했다.

지난주에도 엄마는 방송을 보다가 연명거부 저걸 꼭 해야 할 텐데 하고 말했다. 머뭇거리다 나는 결국 암병원 1층의 안내문에 관해 얘기했다.

주사를 맞고 상담센터로 향했다. 단정한 눈매의 젊은 사회복지사가 앉아 있었다. 그는 차분히 연명의료결정제도가 무엇인지, 왜 생겨났는지, 언제 어떤 치료가 연명치료인지, 거부 의사를 이렇게 등록해놓으면 어찌 되는지 설명했다.
엄마는 몇 개의 질문을 했고 복지사는 자상하면서도 꾸밈없이 답했다. 여기서 가장 중요한 건 당사자의 결정이고, 자신은 수십 번이라도 다시 설명할 수 있으니 천천히 생각해보고 오셔도 된다고 반복해 말했다. 엄마는 잠시 망설이더니 오늘 하고 가는 게 좋겠다고 답했다.
앞에 놓여 있는 태블릿 PC 한 대. 이제 저 위에 서명 하나가 남았다. 나도 함께 서명하고 싶어서 말을 꺼냈는데 그건 안 된다며 엄마가 화를 내는 바람에 그저 알았어 하고 말았다. 전자펜을 들고 엄마는 나를 잠시 쳐다봤다. 뭐랄까. 그 눈은 담담하고 고요했다. 그러나 막막하게 저만치 건너편을 바라다보는 눈빛이기도 했다. 등록을 마치고 나오는 길 엄마는 일부러 몸을 찰싹 붙여 팔짱을 끼며 말했다.

"이제 후련해."

그런데 이상하게도 엄마의 얼굴은 무언가를 끝내버린 표정이라기보다는 다시 무언가를 시작해야 하는 사람의 얼굴 같았다. 그게 무엇인지 아무리 짐작해봐도 떠올리지 못했다.

죄인들

악몽을 자주 꾸는 엄마는 도저히 견딜 수 없을 때 베개 아래에다 칼을 가져다 두고 잠을 자곤 했다. 귀신도 칼은 무섭대. 일종의 미신이었다. 어젯밤에도 칼을 두고 잠을 청했다. 아침이면 칼을 다시 가져다 주방에 두는데 그날은 웬일인지 베개 아래에 칼이 있다는 걸 까맣게 잊었다.

다시 밤. 잠자리에 든 엄마를 꼭 안아주려다 나는 베개 밑으로 깊숙이 손을 집어넣고 말았다. 악! 순식간이었다. 붉은 피가 흰 이불 위에 뚝뚝 떨어졌다. 생각보다 상처가 깊었다. 그 새벽 병원을 세 곳이나 돌아서 손가락을 꿰맸다. 엄마는 내내 정훈아 미안해, 정훈아 미안해, 울먹였다.

"내가 죄를 많이 지었나 봐."

돌아와 몇 번이나 당신이 죄를 지어서 내가 다친 것이라고 되뇌었다. 내가 아플 때마다 다칠 때마다 엄마는 죄가 깊어서 그리되었다고 말했다.

예전에는 알 수 없었던 그 죄를 나는 아주 늦게 배웠다. 고통에 몸부림치는 엄마를 볼 때, 자꾸 작아지다가 사라져버릴 것 같은 엄마를 안을 때, 낯설고 고약한 병이 나의 잘못 때문일까 몇 번쯤 생각했다.
엄마의 꿈은 내가 따박따박 월급을 받는 봉급 생활자가 되어 먹고사는 걱정만큼은 덜 하는 것이었다. 대단한 거 없는 집이니 그만큼 평범한 사람을 만나 아이 하나둘 낳고 알콩달콩 사는 것이었다. 그러나 나는 그렇게 하지 않았다. 할 수 없던 것인지 하지 않은 것인지 모르겠지만 어쨌든 나는 그리되지 않았다. 내가 아닌 다른 누구였으면, 그가 당신의 아들이나 딸이었다면 달랐을까. 그러면 당신 삶이 조금 편했을까, 덜 아팠을까. 남들에게는 평범한 일이 왜 당신에게 이루지 못한 꿈이 되었을까. 아무 소용없는 질문들이 떨칠 수 없는 죄의식을 만들었다.

하루 종일 풀이 죽어 있던 엄마는 먼저 잠을 자면 그마저 죄가 되는 것처럼 내 잠자리를 지키려고 버티다가 쪽잠이 들었다. 우리는 알 길도 없이 서로에게 자꾸만 자꾸만 죄인이 되었다.

미운 엄마

"나 너무 미워하지 마. 미안해."
엄마는 그냥 다정히 말했다. 하지만 나는 발가벗은 몸을 들킨 것처럼 부끄러워 얼어붙고 말았다.

손을 다친 지 일주일이 지났지만 좀처럼 통증이 줄지 않았다. 항생제를 내내 먹은 부작용인지 아토피가 심해졌다. 피가 날 정도로 긁어도 성에 차지 않았다. 몸 여기저기에 벌레가 기어다니는 듯했다. 늦은 새벽까지 잠들지 못하고 도저히 참을 수 없어서 거실로 나왔다. 잠시 후 엄마가 이불을 가지고 따라 나온다. 머리끝까지 신경이 곤두서 있던 나는 조금만 있다가 들어갈 테니 이불은 필요 없다고 말했다. 엄마는 아무리 그래도 일찍 일어나야 하는데 다시 방에 누워서 참아보라 한다.
무엇 때문에 그 순간 견딜 수 없이 화가 났을까. 뾰족하게 쏘아붙이고 말았다. 온몸이 얼마나 가려운 줄 아느냐고. 칼로 피부를 다 찢고 싶은 심정이라고. 엄마는 당황했다. 그 말을 뱉은 나도 놀랐다. 그러고 우리는 다음 날 오전이 다 지나도록 아무 말도 하지 않았다.

오래전 어머니를 잃은 동료가 이렇게 고백했다. 세월이 지나면 그리움도 잦아들고 간혹 잊을 때도 있지만 생전 엄마에게 했던 모진 말은 정말이지 떨쳐지지 않는다고. 같이 시간을 더 많이 보내지 못했다는 자책보다 그때 칼처럼 뱉은 말이 더 서럽다고. 돌아갈 수 있다면 가장 먼저 그 말을 지우고 싶다고.
나는 그의 얘기를 자꾸만 놓친다. 거둘 수 없는 말과 눈빛이 너무 많이 쌓였다. 아픈 엄마를 미워한 적도, 귀찮아한 적도 없지만 어쩌면 거짓말일지 모르겠다. 실은 여러 번 미워하고 귀찮았던 건지도. 그럴 때마다 내 목소리와 손짓이 얼마나 날카로웠을까. 하나도 빠짐없이 당신은 알아챘을 것이다.

엄마 미워하지 마. 미안해.

종일 이어진 침묵을 깨고 이 말을 다정히 뱉기까지 당신은

얼마나 어젯밤을 곱씹었는가.

나는 그날을 끝까지 사과하지 못했다.

불길한 신호

배가 조금씩 다시 불러오기 시작하는 것 같다. 마지막 항암을 마친 지 딱 1년 만의 일이다. 주로 밤과 아침에 배가 꾹꾹 쑤셨다. 변을 보아도 배부름은 좀처럼 가시지 않는다. 처음 복수가 찰 때와 유사한 증상이다. 엄마는 위가 안 좋아서 그런가 묻는다. 나는 아마도 변비 때문에 그럴 거라 답한다. 우리는 이 어수룩한 문답을 기도처럼 여겼을까.

간절한 마음에는 아랑곳없이 얼마간 멈췄던 악몽도 다시 시작됐다. 소리를 지르며 깼는데 내 얼굴을 보고는 자지러지듯 놀라며 더 큰 비명을 질렀다.

꿈속에 도둑놈이 왔는데, 문을 안 열어줬는데, 덜컹덜컹하더니 문을 확 열고 들어왔어. 네가 도둑인 줄 알았어.

다슬기를 잡는 꿈을 꾸고 고구마를 캐는 꿈도 꿨다. 이상하게도 모든 것이 다 썩어 있었다. 엄마의 눈빛이 흔들린다. 나는 꿈은 그냥 꿈일 뿐이라고 말했다.

돌아오는 CT 검사까지는 이제 나흘이 남아 있었다.

5부

오래
연습한 말

담장 너머 핀 접시꽃에 찾아가 인사하기. 아무개 집 지붕에서 익어가는 고추의 수를 세기. 몇 달이나 먼저 핀 개나리 꽃잎을 눈치채기.

당신은 나무의 말을 어디서 배웠을까.

같은 길을 수십 번 걸어도 나는 발견하지 못한 꽃잎을 사귀고 돌아와 온 집에 봄을 심었다.

여공

소깔이라고 불렀다. 소 먹일 풀. "깔 비러 가자!" 할머니의 한마디면 아홉 남매가 줄줄이 서서 망태를 둘러메고 소깔을 베었다. 망태 한가득 깔이 넘치면 발로 꾹꾹 밟아서 이고 지고 집으로 가져왔다. 작두로 깔을 썰어 커다란 가마솥에 물을 가득 붓고 끓이면 소먹이가 완성되었다.

"내가 낫질을 얼마나 잘하는지 알아?"

밭두렁 논두렁 어디든 소 먹일 풀 있는 곳이면 달려가 깔을 베던 기술이 엄마의 장기가 되었다. 학교 못 가고 깔 벤 날이 부끄러워 남들에게는 말하지 못하고 내게만 털어놓는 자랑이었다.

"그런데 있잖아. 실은 그 낫질 않고 사는 게 소원이었어."

밭일에 도가 텄던 엄마의 꿈은 역설적으로 끔찍할 만큼 일 많은 밭에서 도망치는 것이었다. 마을에서 서울 부잣집에 식모살이 갈 사람을 모집한 적도 있었는데 그만한 기회가 없을 것 같아 죽을 만큼 뽑히고 싶었다. 하지만 옆집 동무가 대신 서울로 도망치고 말았다.

소원은 열아홉 살이 되어서야 이루어졌다. 엄마의 큰형부 친구가 공장을 운영하고 있었다. 성인이 다 되도록 밭일에서 탈출하지 못한 엄마에게 큰형부가 그 공장 사장을 소개시켜 준 것이다.

외할머니, 외할아버지의 반대는 지독했다. 시골에서 도시 가면 바람나서 시집 못 간다는 말이 많았다. 오매불망 기다려온 기회를 무슨 일이 있어도 잡아야 했는데 그때 형부가 나서서 외할아버지의 고집을 꺾었다. 작은 마을에 소문보다 무서운 것이 없었을 텐데. 발 벗고 나서서 엄마를 구출해준 형부가 두고두고 은인이었다.

공장은 대전 시내 법원 앞에 있었다. 잠두마을 촌사람에게 도시의 삶은 인생 최대의 도전이었다. 숙소는 공장 한편에 마련된 기숙사였는데, 말이 기숙사지 공장에 붙어 있는 방 한 칸이 전부. 손바닥만 한 방을 장 양, 김 양, 금희, 순애까지 다섯이 나눠 썼다.

처음 갔을 때 한 일은 곰돌이 그림이 그려진 풍선에 입으로 바람을 불어 넣는 것이었다. 몇 시간 풍선을 불고 나면 머리가 띵하고 허기가 졌다. 일을 시작하고 한참 지나서야 풍선 부는 기계가 공장에 들어왔는데, 그 뒤로 얼마간은 모든 게 식은 죽 먹기처럼 느껴졌다.

"풍선 하나하나 입으로 분다고?"

"그렇다니까! 하루 종일 그랬는데 어찌나 입이 아팠나 몰라. 그래도 내가 그중에서 바람을 제일 잘 넣었어!"

낫질에 이어 풍선 불기가 장기가 된 엄마는 어깨도 으쓱한다. 창백하고 가는 몸에 생기가 돌았다.

공장 생활을 하는 동안 맞이했던 주말은 열아홉 평생 엄마가 상상 속에서나 그려본 날들이었다. 다른 여공들과 대전 시내 여기저기 구경하고 다녔다. 종종 공장장 오빠가 끼어 있었는데, 장가는 안 갔고 다섯 살쯤 나이가 많았다. 길거리에서 파는 호떡이며 빙수며 그때 처음 먹어봤다. 지겨운 공장 밥 대신 설렁탕, 순댓국도 사 먹었다.

아쉽게도 엄마의 신세계는 그리 오래가지 못했다. 스물한 살이었나 중매로 아버지를 소개받고 구렁이 담 넘어가듯 결혼 얘기가 오가면서 공장을 그만두고 다시 고향으로 돌아갔다. 시집가기 전에 부모 곁에 잠시라도 있어야 할 것 같아서였다.

"공장장 오빠가 데이트 신청한 적은 없었어? 일하다 다친 적은? 공장 주인이 욕 같은 건 안 했어? 돈은 얼마를 받았어?" 나는 엄마가 공장을 다녔다는 게 재미있어서 꼬치꼬치 묻는다.

"시골 애라 내가 뭘 알았어야지. 얼마나 순진했는데. 아휴, 그걸 어떻게 다 기억한다니. 50년이 넘었는데. 어떻게 살았는지도 몰라. 뒤죽박죽 살아서."

먼 기억의 바다에서 하나둘 건져오는 조각들은 반쯤 붇고 반쯤 해져 모호하다. 아니다, 맞다, 그랬지, 이리저리 끼워보며 조각을 맞춘다.

엄마인 엄마. 소깔을 세상에서 제일 잘 베는 소녀인 엄마. 풍선을 가장 잘 부는 여공인 엄마. 태어날 때부터 당신은 당신인 줄 알았는데. 이렇게 모르는 엄마가 산산이 내게로 온다.

종양표지자

조바심에 내내 병원 앱을 켰다 껐다 반복하며 혈액검사 결과가 나왔는지 확인한다. 어쩐 일로 피를 한 번에 뽑았네. 이번에는 채혈도 순조로웠다. CT는 결과가 오래 걸리지만 혈액은 하루 이틀이면 모두 알 수 있다. 백혈구 수치, 철분 수치가 먼저 나온다. 정상 범위다. 간 수치도 괜찮다. 그런데 왜 배가 불러오는 걸까.

혈액검사 중에는 종양표지자라는 게 있다. CT 같은 영상검사를 제외하면 암이 커지는지 줄어드는지 짐작할 수 있는 중요한 지표다. 엄마의 경우에는 주로 두 개의 표지자를 본다. 다음 날 오전, 표지자 결과가 하나 나왔다. 수치가 좋지 않다. 정상범위를 넘겼다. 심상치 않은 징조다.

몇 시간 뒤 나머지 표지자도 나왔다. 확인하는 순간, 아, 심장이 내려앉는 기분이다. 표지자의 수치는 정확히 첫 항암을 시작하기 전으로 돌아가 있었다. 암이 퍼진다는 증거다. 눈앞이 캄캄해진다.

"암 수치였나, 그거 일찍 나온다고 하지 않았어?"

"아닌데, 미리 나오는 건 다른 건데."

나는 또 거짓말을 하고야 말았다. 가정의학과, 내과와 이비인후과, 유방암병원, 자궁암병원 등 여러 곳을 다니다 보니 엄마는 앱을 통해 미리 알 수 있는 결과와 병원을 헷갈린다. 어쩌면 헷갈리지 않고 내 거짓말의 의미를 눈치챘을지도 모른다. 그래도 이 정도 수치인 걸 짐작할 순 없을 것이다.

저녁 늦게까지 엄마는 청소와 빨래를 하고 화분에 물을 주고 나물을 볶았다. 몇 번쯤 혼잣말인지 내가 들으라는 것인지 이렇게 웅얼거렸다.

"다음 검사 때까지는 대전에 쭉 내려가 있어야겠어."

의사 면담은 며칠 뒤로 잡혀 있다. 엄마에게 종양표지자 수치에 대해 말해야 할까. 대체 무슨 말을 어떻게. 선명한 숫자를 잘못 봤을까 나는 그저 확인하고 또 확인할 뿐이었다.

다시 처음으로

4월 14일. 의사를 면담하고 지난주 진행했던 검사 결과를 듣는 날이다. 별일 없어야 할 텐데. 엄마는 이 말을 오전 내내 놓지 못했다. 사실 어제쯤 진지하게 얘기를 나눌 생각이었다. 암 수치가 다시 많이 높아졌다고. 결과가 기대에 못 미칠 수 있다고. 그러면 충격이나 실망을 조금 덜 수 있을까. 그러나 말하지 못했다. 늦출 수 있는 한 늦추고 싶었다.
고민하는 사이 두 번의 꿈을 꿨다. 같은 꿈이었다. 재발을 얘기하고 우는 엄마를 안아주면서 결국 이 말을 미리 했구나, 꿈속에서 생각했다. 그러다 깨어나면 여전히 아무 말도 하지 못하고 시간만 흘러가고 있었다. 결국 그 말을 끝까지 의사에게 미룬다.

오후 2시. 진료실에 엄마와 나는 나란히 앉아 있다. 워낙 차갑고 말이 없는 교수는 보통의 경우에 괜찮네요, 다음에 오세요, 정도의 말만 한다. 그러면 그게 특별한 이상이 없다는 뜻. 그러나 오늘은 달랐다. 모니터를 한참 바라보더니 고개를 절레절레 흔든다.

"암 수치가 높네. 추가 검사를 해야겠네."

잠시 정적이 흘렀다. 엄마가 물었다.

"네? 그럼 뭐예요? 암이 커진 거예요?"

교수는 나처럼 답을 피하지 않았다.

"그럴 수도 있고. 일단 검사 더 해봅시다."

망설임 없이 교수는 자리에서 일어서고 간호사는 다음 환자를 부르려고 차트를 넘겼다. 엄마는 밖으로 떠밀리듯 나와 털썩 복도 바닥에 앉았다. 몇 번일까. 저 문을 나와 이리 주저앉고 말았던 것은.

"어떡하지… 어떡하지… 어떡하지…."

엄마는 바닥만 보며 같은 말을 반복했다. 어떡하지. 어떡하지. 울지도 않았다. 또 어떡하지. 나는 엄마의 얼굴을 가슴에 묻었다. 그제야 울기 시작했다.

돌아오는 길에 아버지와 이모들의 전화가 걸려왔다. 머뭇거리다 소식을 전했다. 아버지는 대전에서 텅 빈 고향 집 바닥에 앉아 혼자 눈물을 훔쳤다.

차에서 멍하게 창밖만 바라보던 엄마는 겨우 정신을 차리고는 항암을 받는 것도 끔찍하지만 나 없이 병원에서 혼자 그 모든 걸 해야 할까 더 걱정이라 말했다. 그사이 코로나로 온 세상이 시끄러웠기 때문이다. 폐쇄되는 병원과 혼자 죽는 환자들이 있었다. 보호자의 간호나 출입은 엄격하게 제한되었다. 엄마는 혼자 될까 무서웠다.

이틀 후 내시경 검사, 사흘 후에는 방사선으로 온몸을 살피는 전신 검사를 받았다. 단순히 재발이 아니라 전에 없던 곳까지 여기저기 암이 퍼졌을 전이를 염려해야 했다.

얼마 지나지 않아 결과지를 뗄 수 있었다. 알 수 없는 의학 용어들의 의미를 찾아서 저녁내 인터넷을 뒤졌다. 복막에 퍼져 있던 전이암이 커졌다는 말, 복수가 늘었다는 말, 간에 뭐가 보인다는 말을 알아챘다. 지긋지긋한 파종성 전이. 작은 암 덩이의 씨는 또 자라나 복수를 만들어내고 있었다.

진저리 나는 치료가 다시 시작될 것이다. 일주일씩 입원해 몇 병의 항암제를 맞고 지친 몸으로 시체처럼 며칠을 보낼 것이다. 은빛으로 눈부시게 자란 머리카락이 남김없이 뽑힐 것이다. 관절 마디마디 꽂히는 통증을 견디고 토하고 혈뇨를 쏟을 것이다. 백혈구가 떨어지면 집에서 주사를 놓고 열이 오르면 응급실로 쫓아갈 것이다.

엄마는 처음부터 이 모두를 다시 시작해야 한다.

구멍

항암이 다시 시작되었다. 약이 바뀌었다. 어떤 통증과 부작용이 언제 어떻게 찾아올지 역시 짐작할 수 없다. 엄마의 영혼은 커다란 구멍이 난 것만 같다. 밤새 귀에서 귀뚜라미 우는 소리가 들리고, 약을 갖다주면 금세 먹고는 어, 약이 어디 갔지, 묻는다. 바로 옆에 있는 전화기를 찾는다. 악몽을 꾸는 일은 줄었는데 마음과 정신이 너무 황폐해서 악몽조차 꿀 힘이 없는 사람 같았다. 방에서 화장실까지 가는 몇 미터마저 부축해야 할 정도로 어지러워 비틀거린다. 고작 일주일 사이 엄마의 몸과 정신과 세상이 모두 변해버렸다.

어디가 아픈지 한 군데를 짚을 수 없을 만큼 머리끝부터 발끝까지 몸은 부위마다 각기 다른 통증을 호소한다. 깊은 눈

그늘이 생기고 얼굴은 핏기 없이 하얗게 질렸다. 혀끝은 갈라지고 안쪽에 이상한 돌기가 돋았다. 입안이 헐고 미각을 잃었다. 밥에서도 물에서도 역한 냄새가 올라왔다. 물병 하나를 따지 못해서 낑낑거리다 내게 건넨다. 부작용을 막으려고 아침에 먹은 약만 20개가 넘었다.

엄마는 자꾸 머리를 빗어보며 머리카락 빠지는 개수를 확인했다. 그러며 여러 번 말했다. 아프지 말고 딱 10년만 더 살 수 있다면 바랄 게 없겠어. 이런 말도 했다. 언젠가 죽는다면 정말 고통 없이 죽었으면 좋겠어. 또 이리 말하기도 했다. 너무 억울해서 못 죽겠어. 견디기 힘든 통증과 신음, 연민과 슬픔, 절망과 분노가 끊임없이 다녀가는 밤이었다.

어째서

기적만큼 흔한 게 없었다. 세상에는 4기 암이 다 나았다는 사람들이 넘쳤다. 엄마 친구의 언니는 자궁경부암 말기였는데 재발 없이 10년이 되었다며 꾸준히 마시는 건 현미차라고 했다. 엄마가 아는 아줌마는 췌장암 4기라는데 수술 후 깨끗하게 나아서 이제 항암도 받지 않고 추적검사를 하고 있을 뿐이다. 특별히 한 건 없고 다만 옻닭을 많이 먹었다고 했다. 요양병원 병실을 나눠 쓰던 옆 침대 환자의 동생은 비타민C 고용량 주사를 맞고 암이 확 줄어서 의사가 다 놀랐다 했고, 유튜브 속에는 구충제를 먹고 말기 암이 나았다고 하고, 외숙모 사돈은 대체의학을 통해 몇 개의 알약을 꾸준히 복용했더니 암이 자라지 않는다고 했다.

이런 말을 들을 때마다 몇 시간이고 암 환자 커뮤니티를 뒤지며 그 약, 음식의 효능과 경험담을 찾았다. 엄마는 하루도 빼놓지 않고 매일 유기농 현미차를 마셨고, 맛있다는 삼계탕집을 찾아 옻이 오르지 않는 옻닭을 지겹도록 먹었고, 일주일에 두세 번 병원에 오가며 가슴에 길고 굵은 바늘을 꽂아 비타민C 고용량 주사를 맞았다.

그래서 그 흔하디흔한 기적은 지금 어디에 있을까. 발에 채도록 넘치는 저 기적은 왜 우리를 모른 척 지났을까. 내가 무엇을 틀렸을까. 치료를 선택하며 약을 고르며 무엇을 잘못해서 엄마를 지키지 못했을까. 어디에든 찾아가 따져 묻고 싶었다. 조목조목 하나하나 캐묻고 싶었다. 그러나 아무도 아무것도 알려주지 않는다.

팔순

아버지의 팔순이다. 80년을 살아낸다는 건 어마어마한 일이다. 칠순 잔치는 생략해도 팔순 잔치는 한다는 집이 많았다. 그러나 아버지는 고향 집에 혼자 있다.

엄마는 몸 상태가 좋지 않아 서울에서 결국 떠나지 못했다. 집 밖에 나오지도 못하는데 차를 타고 대전에 갈 수 없다. 나 역시 그랬다. 엄마를 혼자 두고 다녀올 수 없었다. 아버지가 서울로 올라오는 방법이 있었지만 상황이 여의찮았다. 며칠 뒤에 서울로 올라가마. 어쩌면 엄마가 성치 않은 몸으로 뭐든 차려내겠다고 고집을 피울까 그랬는지 모르겠다.

“이모가 미역국을 해서 어젯밤 갖다 주고 갔어. 그래도 네 엄마 솜씨는 못 따라가.”

결혼하고 50년. 단 한 번도 혼자 지내본 적이 없는 아버지는 대전에서 홀로 일어나서 아침을 먹고 일을 하고 밭을 가꾼다. 청소하고 빨래하고 TV를 보다 잠이 든다. 그러는 사이 봄과 여름이 지났고, 설날과 추석이, 어버이날이 지났고, 당신과 가족들의 생일이 지났다. 어느 날은 함께였지만 대부분 그러지 못했다.

엄마가 수술받던 날. 의사가 수술 중간에 나와 복막과 장기까지 암이 좁쌀처럼 퍼져서 수술을 그냥 덮어야겠다고 말했을 때. 멍한 채로 그 이야기를 아버지에게 전했을 때. 무너지듯 병원 바닥에 주저앉아 통곡하던 모습이 떠오른다.
몇 번을 아버지는 혼자 또 울었을까. 엄마가 돌아올 그날의 고향 집을 이를 악물고 지켰을까. 어떻게든 서울로 올라오겠다고 고집을 피우지 않는 아버지가 고마웠다. 무너지지 않고 멈추지 않는 삶이 대전에 있는 것 같아서. 그 자리에서 그대로 모든 것들이 일상을 지키며 엄마를 기다리는 것 같아서.

변명

10시 30분. 방에서 주무시던 아버지가 가만히 나와 주방을 서성거리다 고구마 한 그릇과 맹물 한 컵을 들고 다시 방으로 돌아간다. 트림 소리, 낮게 웅얼거리는 소리가 들렸다가 그쳤다가 다시 들린다. 불 꺼진 거실에 나는 몰래 깨어 있고 아버지는 아무도 깨우지 않는 야식을 먹는다.

특별할 게 없는 그 밤의 기억이 왜인지 오래 남아 자꾸 밀려왔다. 문틈으로 새던 얇고 선명한 빛줄기가 오늘은 유난히 떨쳐지지 않아서 몸을 뒤척이다 불현듯 궁금해졌다. 아버지와 같이 자본 적이 언제였더라. 아무리 생각해도 떠오르지 않는다. 아주 오래된 느낌이 아니라 마치 한 번도 단둘이 나란히 누워본 적 없는 것처럼.
서늘한 기분이 들었다. 그러나 오늘 밤 아니면 내일 밤 그 문을 열고 들어가 아버지 옆에 눕고는, 답을 듣지 않아도 괜찮은 이야기를 꺼내는 일은 없을 거라고 나는 생각했다.

사춘기를 보내면서 아버지와 나의 세상은 갈라졌다. 무슨 대단한 사건이 있던 것도 아닌데 의도도 없이 그냥 그리되었다. 많은 것을 함께하지 못했고 많은 이야기를 나누지도 못했다. 어쩌다 대화가 깊어지면 깰 수 없는 자물쇠를 걸어둔 육중한 철문 앞에 선 듯 느꼈다.
길은 매번 그 문 반대편으로 향해 있었다. 등을 돌리고 생각했다. 이 사랑에 의심은 없을 것이다. 다만 어떤 사랑은 마주 보게 할 수도, 같은 곳을 보게 할 수도 없을 뿐이다. 너무 멀지 않게 너무 가깝지 않게 그는 그의 세상에 나는 나의 세상에 있었다.
그렇게 아버지의 세상은 잠겨 있었다고 나는 모호한 핑계 하나를 만들어뒀다. 그러다 어느 순간 내가 그의 세상을 열지 못했던 것인지 열지 않았던 것인지 의문해졌다. 그러다 또 어느 순간 그 의뭉함마저 희미해졌다.

늙은 아버지가 야식을 먹는 방. 그 방문을 열지 않는 마음이 있었다. 아버지 곁에 나란히 눕지 않는 마음도 내게는 있었다. 언젠가 이 마음을 용서하지 못하리라 생각하면서도 잠도 없이 나는 눈을 꾹 감았다. 그러면 방에서 삐져나온 빛을 잘도 지우고 참 깊고 뻔뻔한 어둠이었다.

새로운 복통

한 번 항암을 마쳤을 뿐인데 체중은 5킬로그램이나 빠졌다. 온종일 죽 반 그릇, 바나나 하나 정도를 먹는다. 우유 한 팩을 아침부터 저녁까지 나눠 마신다. 특이한 것은 전에 없던 종류의 복통이 나타났다는 점이다.

엄마는 통증을 호소하며 몸을 뒤틀었다. 윗배에 옷만 스쳐도 전신을 잡아 짜는 것처럼 아팠는데 이런 경우는 처음이라 무엇을 어찌해야 하는지 몰랐다. 급성 위염인가? 복수가 많이 찼기 때문일까? 아니면 복막의 암 때문에?

인터넷을 뒤져보니 장 쪽에 문제가 발생했을 때 증상이 유사했다. 항암 이후 장마비나 장폐색을 앓았다는 환자들의 초기 모습과 비슷하다. 물도 마시지 말고 계속 걷거나 따뜻하게 마사지하란다. 그래도 차도가 없으면 내과에서 엑스레이를 찍고 진단이 가능할 거라고 환자들이 적었다. 그럼 링거와 진경제를 맞고 괜찮아졌다는 이야기들.

열이 나면 지체 없이 응급실로 가야 하지만 다행히 열은 나지 않는다. 게다가 코로나 상황이라 한창 공황 상태에 가까운 응급실에 관해 이런저런 뉴스가 쏟아지고 있었다. 환자들의 끔찍한 고생담이 터져 나왔다. 침대에 누울 수나 있는지 보호자 출입이 가능한지도 확신할 수 없다.

시계를 보니 오전 6시. 꼬박 밤을 새웠다. 조금 더 기다렸다 동네 내과 진료를 보면 될까? 그랬다가 장마비가 아니면? 온통 모르는 것뿐이다. 그저 지나가는 통증인지 아니면 심각한 문제인지 알 수 없다. 날마다 무언가를 결정해야 한다. 잘한 결정일지 후회할 결정일지도 알 수 없다.

"조금 덜한 것 같아."

복잡한 생각에 이리저리 고민하는 사이 진통제 덕인지 다행히 통증이 잦아들고 있었다. 조금만 더 상황을 지켜보기로 했다. 마약성 진통제를 한 알 더 먹는다.

진료공장

동네 병원 의사는 장마비는 아닌 듯하다고 말했다. 아무래도 항암 부작용일 테니 좀 지나야 나아질 거라며 너무 심하면 주치의에게 가보라는 말이 돌아왔다. 통증은 줄었지만 반복되었다. 주치의 진료일을 어떻게든 당겨봐야 한다.

암병원의 예약 상담원은 가장 서둘러 잡을 수 있는 날짜가 일주일 뒤라고 말했다. 더 빨리 예약해줄 방법은 없으니 진료과와 얘기를 나눠보란다. 연결된 진료과에 사정을 이야기했지만 간호사의 대답은 이랬다.

"외래 예약이 250명이라서요. 다들 급하고 수술이나 항암 환자셔서."

일단 찾아가서 기다리면 안 되냐고 다시 물었다. 그러면 환자가 몇 시간을 대기해야 할지, 어쩌면 하루 종일이 될지 알 수 없다는 답이 돌아왔다.

"정 급하시면 코로나지만 응급실로 들어오는 게 차라리 빠를 수도 있어요."

아, 응급실. 하루 환자가 250명이라고 간호사는 말했다. 환자를 다 보려면 한 명에 2분씩만 해도 500분이 걸린다는 말이다. 한 시간 꼬박 환자를 본대도 여덟 시간이 넘는다. 무슨 수로 그 많은 사람을 다 진료한다는 얘길까. 도대체 어떻게.

가끔 병원이 아니라 진료공장이라는 생각이 들 때가 있다. 바쁜 교수에게 질문 몇 개를 던졌다가 제대로 답을 듣지 못하고 쫓겨나는 기분으로 진료실을 나올 때는 쉽게 물리치기 힘든 무력감, 어느 때는 모멸감도 들었다.

그러다 또 이런 생각을 한다. 누가 제일 유명하다는 교수를 고르고 골라왔나. 내가 그랬다. 내가 그러고 싶으면 전국 모든 환자와 보호자도 그럴 텐데. 하루에 250명을 못 보는 교수였다면 그때 엄마도, 배가 터질 것처럼 부풀고 자궁에 암이 꽉 찼다는데 무얼 어떻게 해야 할지 몰랐던 그때의 우리도 며칠 만에 교수를 만나지 못했을 텐데. 바로 수술을 하지도 못했을 텐데. 그 덕을 봤으면서 나는 이제 와 왜 다른 얘기를 하고 있나.

병원의 문제인지 내 마음의 문제인지 종잡을 수 없었다. 병원은 그렇게 감정 없이 작동하는 진료기계였다가 금세 절망 끝에 유일하게 기댈 수 있는 신앙처럼 여겨지길 반복했다.

자장가와 기도

속이 다 녹아내린 거 같다고 엄마는 말했다. 매일 밤 전쟁이 일어나는 듯했다. 쿠르릉 쿠르릉, 쿨럭 꾸르륵. 배 속에서 저리 많은 소리가 저리 크게 날 수도 있다는 걸 처음 알았다. 변에는 이상한 것이 섞여 나왔다. 마치 하얀 도화지를 삶아서 갈아놓은 듯한 찌꺼기가 사이사이 끼어 있었다. 그 역시 처음 보는 것이었다. 인터넷을 뒤져도 모호한 얘기뿐이었지만 위장 점막이 다 벗겨져 그렇다는 말이 그래도 설득력 있어 보였다.

겨우 만난 주치의는 항암 부작용이라 어쩔 수 없다며 견디면서 회복하는 방법뿐이라고 했다. 혹시나 도움이 될까 싶어 이곳저곳 다른 병원을 찾아 돌았다. 누구는 진경제를 주고, 누구는 항생제를 주고, 누구는 위염약을 줬다. 약들은 저마다 잠시 효과가 있는 듯했지만 복통을 없애지는 못했다. 어느 밤에는 다 소용이 없다 이러다 큰일이 나는가 했고, 또 다른 밤에는 아 이렇게 조금씩 회복이 되는구나 했다. 어떤 밤에는 항암이고 뭐고 몇 달이라도 속이 편해야 사람이 살지 않겠나 했다.

엄마 배를 마사지하기 시작한 건 그즈음부터다. 양상은 다르지만 어쨌건 복통을 앓고 있는 다른 암 환자들은 배를 마사지하면 도움이 될 거라 일러줬다. 별거 없다. 한 시간 정도 하루에 여러 번 배를 문지르고 쓰다듬는다. 밤에는 엄마가 잠들 때까지 구석구석 배를 누르고 만지고 쓸어내린다.
처음에는 잡념이 많았다. 항암을 계속 받을 수 있을까. 이러다 정말 위장이 회복할 수 없을 만큼 망가지는 건 아닌가. 어쩔 수 없는 통증이라면 제발 저 몸에 퍼진 암세포가 다 떨어져 쓸려가길 바랐다.
그러다 마사지가 손에 익으며 나는 조금씩 다른 걸 더하기 시작했다. 이를테면 엄마에게 자장가를 불러주는 일 같은.

자장자장 우리 아기 잘도 잔다 우리 아기
멍멍개야 짖지 마라 꼬꼬닭아 우지 마라
자장자장 우리 아기 잘도 잔다 우리 아기

이 노래를 어디서 배웠을까. 엄마가 나에게 불러줬던 노래인지도 모르겠다. 손바닥과 마찰이 배를 따뜻하게 만들기 때문인지 자장가를 부르고 얼마 지나지 않아 엄마는 거짓말처럼 잠에 빠져들 때가 많았다. 수술 자국으로 나뉜 배가 아기처럼 부드러워 몇 번인가 얼굴을 비볐다.

엄마가 잠에 들면 나머지 시간은 나지막이 기도문을 외웠다. 엄마는 언제나 내가 믿는 신이면 당신도 좋다고 말해주곤 했다. 절이라도 교회라도 내가 찾는 신을 당신도 믿는다고 했다. 그 말은 꼭 나를 믿는다는 말 같았다. 틀림없이 내가 지켜줄 거라는 말처럼 들렸다.

몇 주째 엄마의 숨소리, 희미한 코골이, 신음과 잠꼬대, 기도와 노래가 뒤섞인 밤이 지나고 있었다. 신은 어디에 있을까. 우리를 알고 있을까. 그에게 물음이 많았지만 언제나 캄캄하고 긴 침묵이 돌아올 뿐이었다.

머리카락

"으앙. 어떡해."
이를 닦겠다고 욕실에 들어간 엄마가 울먹이며 나왔다. 왜 무슨 일이야. 놀라서 달려가니 양손에 수북이 머리카락이 뽑혀 있다.
"간호사가 분명히 이번 항암은 머리 많이 안 빠질 거라 했는데."
1년 반 전 첫 항암 때. 머리가 빠지기 시작하자 빡빡 머리를 밀었다. 엄마는 울지 않았다. 마음 아파하는 나를 향해 별거 아니라며 웃어 보이기까지 했다.
이번에 항암을 다시 시작하며 엄마는 간호사에게 얼마나 아프냐는 실문 다음으로 머리가 빠지는지 물었다. 훨씬 덜 빠질 거라는 대답이 위안이 되었나 보다. 철석같이 믿었나 보다.

"어떡해, 어떡해."

괜찮다고, 머리카락은 다시 난다고, 간호사가 뭘 알지도 못하면서 그랬다고 얘기해주고 싶었지만 그런 말들은 이상하게 머릿속에만 맴돌았다. 1년 사이 눈부시게 자랐던, 숱은 많지 않지만 희고 맑은 머리카락. 아이고 부잣집 사모님 같다, 내가 날마다 흩트리던 그 머리카락이 다시 부스러진다. 엄마의 머리를 꼭 감쌌다. 엄마가 우는 동안 나는 그 머리가 너무 작아서, 작은 새 같다고 생각했다.

당부

옆에 바짝 붙어 서서 반찬을 나르고 밥을 데우고. 나란히 앉아 밥을 먹다가 엄마를 빤히 바라본다. 아직도 밥 반 공기를 아침 점심 저녁에 나눠 먹지만 그래도 저 작은 입에 밥을 물고 오물오물하는 모습이 좋아서, 오늘은 웬일인지 더 좋아서 자꾸자꾸 쳐다본다. 엄마는 아까부터 무슨 말인가 하려다가 말았다.

밥을 먹고 소파에 멍하니 앉아 있던 엄마는 이내 체력이 바닥나버렸다. 자야겠다며 방 안으로 들어가 침대에 눕는다. 불시에 찾아오는 통증 때문에 깊게 잠들지 못하고 깨는 일이 반복됐다. 그러다 힘겹게 화장실을 다녀온 엄마 옆에 나도 나란히 누웠다.

엄마 말 잘 들어.
오늘 그렇게 된다는 게 아니라.
혹시 내가 어떻게 되면 있잖아.

깊은 우물에서 길어 올리듯 엄마는 하루 종일 마음 저 아래에 숨겼던 말을 꺼낸다.

정훈아.
너무 슬퍼하지 말고 살아.
너 혼자 다 하려고 하지 말고 살아.
우리 정훈이 절대로 절대로 욕먹지 말고 살아.

불을 켜지 않은 방 안에 좁게 열린 문틈으로 빛이 조금 새어 들고 있었다. 감추려 애써도 쿵쾅쿵쾅 심장 뛰는 소리만 밤을 채웠다.

두 번째 삭발

"집 앞에 미용실에 갔더니 문이 닫혔어. 그래서 저 아래까지 갔는데 거기도 닫혔지 뭐야. 결국 길 건너 미용실을 하나 찾았는데 이상하게 그 집마저 문을 닫은 거야. 그런데 용무가 있으면 전화하라는 번호가 붙어 있더라? 그래서 전화해서 머리 자르고 왔어!"

현관문을 여는 손이 이상하게 떨려서 잠시 붙잡는 중이다. 회의가 있어서 다녀오는 사이 엄마는 나 모르게 혼자 미용실에 가서 삭발을 하고 돌아왔다. 일이 끝났으니 집에 간다는 전화에 엄마는 일부러 명랑하게 말했다. 얼마나 속상할까, 내가 이렇게 심란한데. 차라리 웃어야겠다고 생각했다. 최대한 놀려줘야겠다고 마음먹었다.

그런데 어? 머뭇거리다 문을 열고 들어서자 춥다면서 손수건 한 장을 머리 위에 감싸고 있던 엄마가 나를 보고 아무렇지 않게 손을 흔든다. 손가락 두 개를 펴서 브이를 만든다. 엄마가 먼저 웃는다.

"미용사가 이 동네에 정말 오래 있었는데 나처럼 두상 예쁜 사람은 보기 힘들대. 어쩜 머리에 모난 구석 없이 이렇게 둥글둥글하냐고. 그냥 하는 얘기 아니고 진심이래. 첫 번째 미용실은 2만 원이라고 붙어 있었는데 내가 간 집은 만 2천 원이지 뭐야. 8천 원이나 아꼈어. 몇 시간 나가서 돌아다녀 봐라. 어디 길바닥에서 그 돈이 나오나."

엄마는 쉬지 않고 말했다. 엄마의 두상은 정말 동글고 작고 예뻤다. 8천 원은 정말 길바닥만 보면서 종일 다녀도 주울 수 없는 돈이다. 정말 정말 그렇다. 다른 건 생각하지 않는다. 두상이 예뻐서 돈을 아껴서 오늘은 좋은 날이다.

엄마, 나는 있잖아. 언젠가 세상 사람들에게 엄마가 얼마나 놀라운 사람인지 말해주고 싶어. 얼마나 용감하고 대단한 사람인지 알려주고 싶어.

눈부신 까까머리에 뽀뽀를 하며 오늘이 진짜 좋은 날인 것만 같았다.

모퉁이에서

열다섯쯤 되어 보이는 아이는 말을 하지 못한다. 군데군데 상처가 많고 몸을 자주 떨었다. 세상에 대해 궁금한 것이 많아 보였다. 재활의학과 진료를 기다리는 동안 아이는 옆에 와서 갑자기 내가 차고 있던 마스크를 당겨보더니 이번에는 반바지 아래로 드러난 내 허벅지를 꾹 찔렀다.

아이의 아버지가 화들짝 놀라 쫓아왔다. 사과하는 그의 말씨가 어눌했다. 다리도 불편해 보였다. 아이의 손을 낚아채 대기실 구석으로 데려간다. 화가 났는가? 설마 야단치려나? 난 아무렇지 않은데. 걱정이 되어 부녀를 지켜본다.

그런데 사내는 주머니 깊숙이 꾸깃꾸깃 손수건을 꺼내서 아이의 이마를 조심히 닦으며 이렇게 말했다. “에이우그. 답답하지요?" 아이는 대답 없이 고개만 갸우뚱하더니 또 참지 못하고 누군가를 쫓다가 넘어지고 말았다. 사내는 다시 부드럽게 아이의 무릎을 닦았다.

사랑이 사랑인 이유는 사랑이 아니고서는 아무것도 설명할 수 없기 때문이었다. 삶이 아름답고 눈부신 이유는 그리하지 아니하고는 설명할 수 없는 사람들 때문이었다. 재활병원 모퉁이에서 아픈 아버지가 아픈 딸의 몸을 닦는다. 닦아도 닦아도 사랑이었다.

그날

여러 종양표지자 중에 특히 CA-125라는 걸 주목해서 봐왔다. 암이 없는 사람들은 대부분 5 아래로 나온다. 암이 번져 위독한 사람은 수천까지 치솟기도 한다. 바로 이 표지자가 갑자기 튀어 오르면서 교수는 재발을 알아챌 수 있던 것이다. 휴대폰을 놓지 못하고 들여다보기를 몇 시간. 드디어 표지자 수치가 나왔다. 지난 두 달, 세 차례 항암의 결과다. 제발 정상범위로 떨어져 있기를. 그러나 화면에는 말도 안 되는 숫자가 찍혀 있었다. 새로고침을 해도 바뀌지 않는다. 450이었다. 직전 검사보다 무려 열 배가 치솟았다. 수술 이후로 한 번도 나온 적 없는 수치다. 그러니까 밤마다 배 속을 뒤틀었던 저 항암제가 별 효과가 없었다는 말이다.

잠시 산책을 다녀온다고 나갔다가 돌아와서 최선을 다해 표정을 숨기며 똑같이 말하고 TV를 보고 밥을 먹었다. 엄마가 알면 안 돼. 오직 이 생각뿐이었다.

백혈구도 문제가 있었다. 무엇에든 감염되어도 이상할 것 없는 수치다. 이 정도로 항암을 맞을 수 있나? 이제는 백혈구를 강제로 끌어올리는 주사마저도 좀처럼 말을 듣지 않는다.

결국 항암은 연기되고 말았다. 일단 의사는 온갖 좋지 않은 검사 결과에 일희일비하지 말라고 했다. 바뀐 항암제 효과를 판단하기는 아직 이르다고. 엄마는 항암이 밀렸다는 사실에 머리가 복잡해져 표지자 수치는 미처 신경 쓸 겨를이 없어 보였다. 차라리 다행이다 싶었다.

"나 더 아파진 거야?"

진료실을 나와서 엄마가 물었다.

"아냐. 아까 얘기 못 들었어? 검사란 게 오르락내리락한다잖아."

엄마가 화장실에 간 사이 수납창구에 우두커니 앉아 있다가 불현듯 1년 전 기억이 찌르며 스쳐간다. 지난해 8차에 걸친 항암이 효과를 보여 병세가 호전되었지만 몸이 너무 망가져 항암을 멈추고 추적관찰을 선택했던 날. 당시 의사는 이런 말을 꺼냈다.
"항암은 일단 중지하고. 그나저나 재수술해야 하는데…."
저 배를 다시 가른다고? 생각지도 못했던 재수술 얘기는 청천벽력처럼 다가왔다. 그런데 의사는 말끝을 흐리며 무언가 고민하는 듯 보였다. 기대했던 것보다 항암제가 잘 들어서 막상 개복수술에 들어가도 암이 거의 안 보일지 모른단다. 그러면 득보다 실이 많을 거라고. 10초쯤 고민하던 의사의 선택은 이랬다.
"일단 좀 두고 봅시다."
재수술은 하지 않는다. 그 결정은 마치 이제 암이 나았다는 말처럼 한없이 반갑고 고마웠다.

이후 딱 1년. 암은 이렇게 다시 자랐다. 골반으로 전이되었다. 그때 잘 들었던 항암제는 이제 더 이상 의미가 없었다. 바뀐 항암제는 전보다 고약하게 엄마의 몸과 마음을 훼손하고 암에도 별 효과가 없는 것처럼 보인다.
의사는, 우리는 그때 잘못된 선택을 했던 걸까. 그날의 결정. 그 찰나의 시간. 갑자기 떠올라 온 마음을 휘젓는다. 혹시 그때가 우리에게 주어진 기회였는가.

6부

너는 어떻게
나에게 왔을까

날카로운 주삿바늘을 당신 허벅지에 찔러 넣을 때.

움찔하는 긴장과 작은 떨림이 빠짐없이 내 손에 올 때.

안 아파, 마른 입술로 한참 지나 속삭일 때.

작은 새나 지는 잎사귀 같은 것을 생각했다.

약한 손길에도 부서져버릴 듯한 시절이었다.

두려웠다.

말 하나

수년 전의 일이다.

운전하는 나를 한참 바라만 보다가 밑도 끝도 없이 당신이 말했다.

세상에 이런 천사 같은 게 어떻게 나한테 왔을까.

여러 계절이 지나도록 그 말이 나를 떠나지 않았다.

당신이 준 말 하나 참 오래 살아남아 몸살 난 밤마다 이마를 짚었다.

돌아갈 곳

엄마의 친구에게 전화가 왔다. 오랜만에 고향 동무와 얘기하는 말속에는 이년 저년 하는 비속어가 구수하게 섞였다. 나는 한 번도 만난 적 없는 친구에 대해 엄마가 몇 번 말해준 적 있었다. 시집가서 잘 사는 줄만 알았던 그는 결혼하고 오래되지 않아 삶을 끝내려 했단다. 다행히 자살 시도는 실패했는데 그 뒤로 엄마는 얼마 동안 친구를 집에 데려와 보살폈다. 그때 왜인지 친구에게 그렇게 자주 국수를 말아줬다고 한다.

"정숙아, 그만 아파라. 네가 그때 해줬던 국수가 너무너무 먹고 싶다."

엄마는, 그래 이년아, 일부러 큰소리로 답하고는 끊어진 휴대폰을 한참 바라보고 있었다.

"병 다 나으면 뭐 하고 싶어?"
물을 때마다 비슷한 답이 돌아왔다.
"아프기 직전에 집에 인테리어 공사한 거 친구들 불러서 자랑해야지. 이모들 불러서 커피도 마시고."
투병 끝에 이루고 싶은 소원이란 게 신통치 않아서 나는 잠시 맥이 빠지는 기분도 들었다. 엄마가 돌아가고 싶은 곳이 고작 그런 곳이었다. 30년 살다가 간신히 바꾼 별거 없는 인테리어를 자랑하는 곳. 그래서 옆구리 찔러 뻔한 칭찬을 듣다가 국수를 말아주고 맥심 커피를 타 마시는 곳. 대단하지 않고 놀랍지도 않은 하루가 무성한 곳.
"금방 올게. 잘 있어."
그 말 한마디를 두고 고향에 떼어놓고 온 삶이 어느덧 2년을 훌쩍 넘어가고 있었다.

연명의료서 도착

몇 주 전 병원에서 서명했던 연명의료거부 서약서가 우편으로 도착했다. 봉투 안에는 당신의 결정을 존중한다는 문구가 적힌 종이와 연명의료거부를 증명하는 카드가 함께 들어 있었다. 나는 이걸 보여주는 게 괜찮을지 잠시 망설였다.

"엄마, 이거."

"그게 뭐야?"

"그때 있잖아. 연명치료 거부한 거. 카드."

잊고 있었다는 듯 내 눈만 끔벅끔벅 바라보다 아! 맞다! 봉투와 카드를 쓱 살펴보고는 무심히 테이블 위에 툭 던졌다.

"네가 가지고 있어."

나는 두 번 묻지 않고 카드를 가져다 침대 옆 서랍에 깊이 넣었다. 작은 나무 서랍 두 번째 칸. 그곳에는 오래되고 귀한 것들이 몇 가지 있다. 엄마가 유방암 수술을 받을 때 손에 차고 있던 띠. 손발이 마비되어 내가 병원에 누워 있을 때 엄마가 채워준 염주. 아버지가 위암과 폐암 수술을 받을 때 우리가 번갈아 목에 걸었던 보호자 명찰. 셋이서 건너온 제일 깊은 시간이 모두 서랍에 들어 있었다.

엄마. 우리는 항상 이겼으니까. 죽음을 준비하는 카드 같은 건 오래오래 쓸 일이 없을 테니까.

나는 서랍을 굳게 닫았다.

빼앗긴 소리

"선생님, 나 살겠어요?"

갑자기 이명이 들려 이비인후과에 가서 엄마는 묻는다. 당뇨약과 혈압약을 처방하는 가정의학과 의사를 만날 때도 진료 마지막쯤 또 묻는다. 배가 아파서 진경제를 받으러 동네 내과에 가서도.

"저 의사가 그걸 알아? 그런 걸 왜 물어?"

나는 반복되는 질문이 속상할 때도 화가 날 때도 있었는데, 몇 번이나 타박을 해도 엄마는 요즘 부쩍 더 자주 의사라는 사람을 만날 때마다 자신이 살겠냐고 물었다. 대부분 비슷한 반응이었다.

"치료 잘 받으세요."

간혹 신경을 거스르는 답이 돌아오기도 했다.

"희망 없는 분들도 좋아지는 사람 많아요."

그러면 나는 희망이 없긴 뭐가 없어, 이 병원 다시 오지 마, 일부러 큰소리치거나 다시 엄마의 이상한 질문을 탓했다.

그러다 언젠가 이런 답을 들은 날도 있었다.

"저기 환자분. 저희가 환자분 같은 사람을 얼마나 많이 보는지 아세요? 아픈 거 다 알죠. 그런데 그렇게 물으면 저희가 뭐라고 답하나요?"

떨리는 엄마 손을 낚아채듯 붙잡고 진료실을 나왔는데 왜 의사 면전에 화를 내지 못했을까 그날 저녁 내내 한심스러웠다. 그가 보는 숱한 환자마다 비슷하게 물으면 얼마나 지칠지 짐작도 해봤지만 저 신경질적인 말 앞에 엄마는 최소한의 기대마저 빼앗겨버린 것 같았다.

아프지 않은 이들이 아픔을 다 안다고 말할 때. 병들지 않은 이들이 병의 슬픔을 알고 있다고 답할 때. 멋대로 꺼내놓는 이해 앞에서 무언가 중요한 걸 박탈당한 기분도 들었다.

나 살겠어요? 허튼 답이라도 그 말을 샅샅이 뒤져 약으로 어쩔 수 없는 슬픔을 조금 달래려던 것인지 엄마는 그래도 쉬지 않고 물을 것 같았다.

같고 다른 시간

후배가 말했다. 다른 말도 몇 마디 했는데 귀에 들어오지 않았다.
"형이 정말 행복했으면 좋겠어."
그 말이 못으로 박혔다. 그는 내가 불행하다 생각했을까. 내 얼굴이 그랬나, 아니면 내가 무슨 말을 뱉었던가. 박힌 못에 하루 종일 마음이 걸렸다.
며칠이 지났을까, 일을 같이 맡은 동료 하나가 회의 자리에서 다가오더니 이런 얘기를 들려줬다.
"저 엊그제 길에서 봤어요. 몰랐죠? 엄청 보기 좋은 모습이었는데?"
"저요? 어디서요?"

다시 묻자 내가 엄마 손을 꼭 잡고 횡단보도를 건너고 있었다고 한다. 느리게 한 걸음씩. 그 모습이 아름다웠다고, 행복해 보였다고. 이번에는 그의 말이 저녁내 귓가에 맴돈다.
서로 다른 말을 포개보니 어느 순간 반대말이면서 같은 말이 되었다. 틀리면서 맞는 말이 되었다.

어떤 시간은 하나의 낱말로 표현할 수 없는 여러 마음의 중첩이다. 깊은 잠에서 수많은 장면이 얽히고설켜 쉽게 해석할 수도 이해할 수도 없는 꿈이다.
날마다 사랑하는 이의 고통을 지켜보고 이별을 두려워하고 떨치려 해도 자꾸 죽음을 떠올리는 날들은 일상을 다 집어삼켜버렸다. 꿋꿋하게 살아 있는 그를 오늘 또 발견하고 한 번도 궁금한 적 없던 그의 세상이 매일 이야기로 쏟아지는 날들은 사랑의 맨살 같았다.
두 시절은 따로 살지 않았다. 어떤 시간은 불행이며 동시에 행복이었다. 온통 황폐하고 매 순간 눈부신 날들이었다.

엉망이 되어간다

다시 시작한 항암도 어느새 6회차를 넘겼다. 눈동자가 바뀌고 얼굴이 변하는 것을 날마다 관찰한다. 둥글게 몸을 말고 웅크린 등뼈가 두드러지는 것을, 손가락 두 개로 다 잡히는 발목을 날마다 기록한다. 온종일 돈을 벌고 들어와 내 숙제를 검사하다 기어이 매를 잡던 억척스런 손은 어디로 사라졌을까. 오늘의 손은 어제 잡았던 손보다 더 작고 앙상하다. 엄마는 이제 그 가냘픈 손마저 조금씩 떨기 시작했다. 숟가락을 덜덜거리는데 때론 너무 심해서 얹은 밥을 다 쏟을 것 같았다. 누군가와 통화를 할 때면 전화기를 놓치지 않도록 팔꿈치를 어딘가에 대고 고정하고 있어야 한다.

시야도 조금씩 흐려졌다. 귀에서는 따가운 귀뚜라미 소리가 그칠 줄 몰랐다. 혹시 머리에 이상이 생겼는가. 아니면 신경 쪽으로? 그러나 암 주치의도, 가정의학과도, 내과도 누구 하나 시원스러운 말을 해주지 않는다. 약을 더 줄까요? 그게 전부다. 아침에 약이 11개, 점심에 7개, 저녁에 9개. 먹어야 하는데 속이 쓰려서 먹지 못한 게 수십 개. 그런데 무슨 약을 또 어떻게 더한다는 것일까.

무엇보다 심각한 건 복통이었다. 이전과 양상과 빈도가 또 달라졌다. 한번 시작되면 상복부와 명치, 가슴과 목 아래까지 숨쉬기 힘든 통증이 몇십 분간 이어진다. 진통제도 소용없다. 내시경 검사를 해도 염증 소견이 있을 뿐 이런 고통을 일으킬 만한 건 보이지 않는다고. 영문을 모르는 통증은 하루에 몇 번씩 찾아와 지옥을 만들다가, 그렇게 며칠을 가다가, 갑자기 일주일 넘게 사라지기도 했다. 이상한 일이었다.

교수는 지난번과 암 상태는 크게 달라지지 않았다고 말했다. 아, 유지. 그 많은 통증과 항암이 암을 조금도 없애지 못했지만, 그래, 이것도 좋은 소식이라면 좋은 소식이다. 더 나빠지지 않았다면.

그런데 말미에 뜻밖의 얘길 더한다.

"이거 이거 다른 데 문제가 생겼네."

혈전이었다. 간에 혈전이 보였다.

급히 조치가 필요할 수 있다며 주치의는 바로 심장내과를 연결했다. 심장내과에서는 암 때문인지 아니면 항암 부작용으로 발생한 혈전인지 알 수 없다고 말했다. 혈전이 위험한 이유는 간에서 떨어져 나와 중요한 장기의 혈관을 막아버리면 걷잡을 수 없기 때문이다. 혈전을 녹이는 약에 차도가 별로 없으면 그건 더 안 좋은 상황이라는 뜻이다. 최악의 경우 혈전이 아니라 암 자체가 엉겨 붙은 걸지도 모른다고 한다.
엄마는 근래에 생긴 끔찍한 복통이 혈전 때문이냐고 물었다. 의사는 그렇지는 않을 것이라 답했다. 여전히 복통은 수수께끼로 남겨졌다.
혈전 치료 방법은 주사로 결정됐다. 6개월 동안 하루에 한 번씩 주사를 맞아야 한다. 상당히 아픈 주사라고 하는데 매일 같은 시간에 맞아야 효과가 있다. 날마다 병원에 올 수 없으니 자기가 놓거나 가족이 놔줘야 한다.
보통의 경우 복부에 주사하면 가장 편하지만 엄마는 유방암부터 자궁암까지 이미 여러 번 수술을 받았기 때문에 복부에는 주사를 놓을 만한 곳이 남아 있지 않았다. 마찬가지로 유방암 수술 때문에 한쪽 팔도 주사를 맞으면 안 된다. 남은 팔과 허벅지 두 곳을 번갈아 가며 바늘을 찔러야 한다. 다시 낭떠러지에 서는 기분이다. 벼랑을 지나 다시 벼랑이었다.

혈전 주사

주사법을 배우고 돌아왔지만 저녁 내내 엄마 몸에 주사를 놓지 못해 땀을 뻘뻘 흘린다. 도대체 저 몸 어디에 주삿바늘을 180일 동안 꽂아 넣을까. 호흡을 멈추고 주사기를 잡았다가 내려놓기를 반복했다. 망설이는 사이 시간은 속절없이 흘렀다. 이러면 더 긴장된다, 처음에만 그렇지 별거 아니다 되뇌어도 소용이 없었다. 맞는 사람은 준비가 됐는데 놓는 내가 어찌할 바를 몰랐다.

그런데 한순간. 엄마가 내게서 주사기를 휙 잡아채더니 한 손으로 허벅지를 잡고는 바늘을 쑥 꽂아 넣었다. 그리고 주사액을 밀어 넣는다. 눈 깜짝할 사이의 일이다. 주삿바늘을 빼는 손이 파르르 떨렸다. 나는 그저 멍하니 바라보고만 있었다.

"별로 안 아프네. 어이구 바보. 이것도 못 놓고."

엄마는 아무렇지 않은 척 수척한 얼굴을 구겨 웃었다. 고단한 몸을 뉜 엄마의 머리를 가만히 만지다 탁자에 놓인 빈 주사기를 오래 쳐다보았다. 당신을 어찌하면 좋을까. 어쩌자고 이렇게 억센 마음인가. 어쩌자고 고작 이만큼의 나인가.

양손으로 포개 잡았던 허벅지에 밤사이 연붉게 멍이 들었다.

나는 나는

어디서부터 시작됐는지 알 수 없지만 상복을 입었다는 것부터 기억난다. 누군가 내게 늦었다고 말했다. 빨리 가야지. 오래 기다리게 해서는 안 된다는 생각뿐이었다. 나는 엄마가 떠났다는 걸 알고 있었다.

장례식장에 들어서며 사촌 형을 보는 순간 다리에 힘이 풀려 주저앉고 말았다. 이모들이 나를 두고 장례식장 입구부터 양 갈래로 나뉘었다. 이를 악물어도 설 수 없어 바닥을 기어 빈소로 들어간다. 제단 뒤로 햇살이 부서지고 있었는데 영정사진은 보이지 않았다. 얇은 나뭇가지 몇 개가 꽂힌 하얀 달항아리가 엄마를 대신하고 있었다.

이제 영영 볼 수 없다는 걸 나는 다 알았다. 다시는 목소리를 들을 수 없다는 것도 알았다. 지금이 마지막인데. 몸이 바닥에 붙어서 움직이지 않는다. 손을 뻗어 허우적대다가 꿈에서 깨어났다.

고작 한 뼘 앞에 엄마의 등이 보였다. 손을 뻗어 그 등을 만졌다. 엄마가 깨서 나를 본다. 응? 왜? 목소리를 듣는 순간 참을 수 없는 안도감과 서러움이 밀려왔다. 터져 나오는 울음을 삼키지 못하고 크게 뱉었다. 엄마가 깜짝 놀라 나를 안는다. 예전에도 몇 번 이런 적이 있었다. 엄마가 세상을 떠나는 꿈. 꿈마다 매번 마지막 몇 걸음을 뗄 수 없어서 엄마에게 닿지 못했다. 그럴 때면 전화해서 크게 소리 내 울었다. 설명하지 않아도 내가 우는 소리만으로 당신을 잃는 꿈 때문인 줄 엄마는 신기하게 다 알았다.
튼튼해야지. 무너지지 말아야지. 언젠가 그날이 오면 어깨를 펴야지. 엄마를 잘 보내야지. 꿈에라도 그래야지.
몇 번을 다짐해도, 아무리 굳게 마음먹어도 나는 매번 실패하고 말았다.

절망

혈전 주사는 소용이 없었다. 복통은 날이 갈수록 심해졌다. 엄마 말에 따르면 애 낳는 것보다 더한 통증이었다. 예측하기도 더 힘들어졌다. 밥을 먹다가 산책하다가 항암제를 맞다가 불시에 찾아왔다. 그러면 엄마는 배를 잡고 바닥을 뒹굴었다. 통증의 세기는 강해지고 빈도도 조금씩 늘어갔다.

의사들은 비슷한 말뿐이다. 내시경과 혈액검사, CT와 초음파까지 최근 한 달 전 검사 결과를 아무리 살펴도 모르겠다고. 진통제, 더 강한 진통제가 처방될 뿐이었다. 우리는 응급실, 자궁암센터, 심장센터, 간 소화기내과를 뱅글뱅글 돌았다. 이 의사에서 저 의사로, 이 과에서 모른다면 다른 과를 연결해달라고 부탁하며 이유를 찾아 헤맸다. 그러다 담도 췌장 외과까지 진료를 보게 되었다.
나보다 나이가 어려 보이는 의사는 진중하면서도 따뜻했다. 엄마의 말을 중간에 끊지 않고 끝까지 듣는 의사는 처음이었다. 그럼 혹시 모르니 MRI 한번 찍어볼까요? 그게 뭐든 CT 말고 새로운 검사를 해보자니 반가웠다.
MRI 날짜는 2주 뒤로 잡혔다. 간호사에게 제발 좀 당길 수 없겠냐 사정했지만 소용없었다. 검사를 기다리는 동안 다시 한 차례 항암을 받았다. 보통 일주일이면 회복되기 시작하는 몸 상태는 열흘이 되도록 나아지지 않았다. 물에 젖은 휴지처럼 흐트러져 있었다. 곧 풀어 헤쳐져 어딘가로 쓸려갈 듯이. 항암 덕인지 복통은 며칠 잦아드는 듯하다가 MRI 검사 일이 가까울 즈음 다시 극심해졌다.

검사를 마치고 일주일 뒤. 재진을 기다리며 나는 이상한 기분에 사로잡혔다. 정확히 사흘 전부터 엄마의 갈비뼈 아래로 무언가 만져지기 시작했는데 탁구공만 한 크기였다. 통증이 올 때는 단단하고 선명하게 만져졌고 그렇지 않을 때는 물렁물렁하고 모호했다. 엄마는 그곳이 가장 아프다고 말했다. 대체 뭘까. 장마비 때문에 변이 뭉치고 장이 잠시 굳은 걸까. 탈장 부위에 문제가 생겼나. 장기가 부었나, 염증일까.
의사는 아무 말 없이 한참 모니터를 들여다본다.
"환자분 간에 전에 없던 뭐가 보이네요."
그는 느리고 신중하게 말을 고르는 듯 보였다.
"이건 사실 종양 같은데. 음, 그러니까, 음, 크기가… 6센티미터 정도 돼요."
꼭 잡고 있던 엄마 손이 돌처럼 굳었다. 아니면 내 손이 그리 되었던 건지도 모르겠다.
6밀리미터도 아니고 6센티미터. 나는 되물었고 의사는 다시 한번 6센티미터라고 확인했다. 정확히 갈비뼈 아래 그 부위였다. 탁구공보다 더 큰 크기. 손으로 만져지던 그게 암 덩이란다. 거짓말. 세상에 무슨 이런 말도 안 되는 소리가 있을까. 엄마는 믿기 힘든 말 앞에 아무런 미동도 하지 않았다. 나 역시 눈앞이 깜깜해져 아무 생각도 할 수 없었다.

전이

혈관을 타고 다니다가 암은 간에서 자랐다. 그간 복통의 원인은 결국 이 거대한 종양 때문이었다. 보통은 수술을 하겠지만 엄마의 경우 그마저 힘들 거라고 담췌 외과 의사는 말했다. 최대한 빨리 자궁암센터 주치의를 만나라고 따로 연락을 취해놓겠다 했다. 그는 내 눈과 엄마 눈을 번갈아 바라보며 한참 동안 우리 질문에 하나하나 답했다. 그가 새로운 검사를 해보자고 말하지 않았다면 얼마나 더 지나서 알게 됐을까. 엄마는 도리어 고맙다며 고개 숙여 인사했다.

머릿속이 의문으로 가득 찼다. 초음파를 봐도 잘 모르겠다고 했는데. 혈액검사에서 종양표지자도 유지되고 있었는데. CT를 찍은 것도 불과 한 달 반 전인데 그때 없던 종양이 새로 생겨 6센티미터로 자랐다니. 다발성 전이. MRI 결과지에는 임파선, 담낭, 간동맥에도 전이가 보인다고 쓰여 있었다.

자궁암 주치의는 당장 입원을 조치했다. 일단은 항암 일정을 중단하고 간 조직검사를 하자고. 그러면서도 엄마의 암이 워낙 희소하고 고약해서 쓸 수 있는 항암제가 별로 없을 거라는 말을 덧붙였다. 그는 이번에도 우리 얘기를 끝까지 듣지 않았다. 자리에서 일어나 다음 환자를 보러 옆 진료실로 이동해버린다.

당장이라도 병원을 뒤엎고 싶은 맘이 굴뚝같았다. 그간 의사들은 하나같이 간에는 혈전 말고 큰 이상이 없노라 말했다. MRI 한 번이면 찾을 수 있는 것을, 심지어 간암 전문의라는 사람을 몇 번이나 찾아가 끔찍한 고통을 호소해도 장 때문일 거라며 엉뚱한 추측만 했던 거다.

그러나 결국 아무것도 하지 못하고 진료실을 나와 우두커니 섰을 뿐이다. 이 병원에서 가장 많은 환자를 살린 의사라니, 말기 암 환자를 그렇게 많이 고쳐서 명의라고 손꼽힌다니, 엄마가 당장 옮길 수 있는 병원도 없을 거라니. 그래도 당신이 희망이라서. 그래도 당신에게 기댈 수밖에 없어서.

곧 이런 생각에도 사로잡혔다. 왜 MRI 한번 찍어보자는 말을 나는 못 했는가. 온갖 정보를 뒤지고 다니면서 왜 MRI를 찍어보면 된다는 걸 몰랐는가. 초음파라도 또다시, CT라도 한 번 더, 안 보이면 더 해보자고 엄마 통증에 조금만 더 귀 기울였다면. 내가 조금만 더 애썼다면. 더 끔찍한 건 나일지 모른다.

소식을 듣고 서울로 올라온 아버지는 목이 쉴 때까지 울었다. 엄마는 음식을 먹지 못하고 복통을 더 크게 느껴서 오로지 진통제에 기대 버텼다. 며칠 사이 쏟아진 의사의 말 앞에, 자책과 분노 앞에 다 알 수 없는 감정에 뒤엉켜 엄마는 어디를 헤매고 있을까. 숱한 질문과 슬픔의 날 끝이 혹시 나처럼 당신을 향하고 있는가.

통화

누구나 죽잖아, 언니.

실은 아픈 게 제일 무서워.

고통 없이 갈 수 있으면 그것도 좋은 거야.

엄마가 이모와 통화하는 소리를 화장실에서 들었다. 그런 소리 집어치우라고 나는 말하지 않았다. 견디라고, 살아내라고 나는 말하지 못했다. 이제 그만 아프고 싶은 마음을, 여기서 더 찢기고 싶지 않은 마음을 다 알지도 못했다.

통화가 끝날 때까지 그저 화장실 변기에 앉아만 있었다.

그래도

광합성을 한다며 엄마가 병원 창가 히터기 위에 올라앉아 겨울 햇살을 받고 있다. 창 너머 숲에는 지난밤 내린 눈이 녹지 않아서 마른 가지를 온통 하얗게 덮었다. 입원은 빠르게 진행되었다.

“거기 앉으면 안 돼. 부서져, 잘못하면.”

“조용히 해. 간호사가 듣잖아. 커튼 치고 가만히 앉아 있어.”

흰 햇살이 가득히 부서지는 창가. 눈이 부시게 곱고 가벼운 엄마.

“아이고. 어떻게 이리 예쁘게 생겼을까?”

“난 모르지. 니 할머니가 이쁘게 낳아서 이쁘지.”

나는 기억을 헤집어 우리가 절대 잊으면 안 되는 순간들을 끄

집어낸다. 암이 생각보다 너무 많이 번져 수술을 다 하지 못하고 배를 닫아야 했던 순간을, 희소암을 알게 되던 순간을, 재발을 진단받던 순간을 떠올렸다. 매번 위기였다. 매번 고비였다. 그래도 엄마는 다시 일어서는 사람이었으니까. 또 할 수 있을 것이다. 세상 사람들이 다 힘든 일이래도 당신이라면 할 수 있다.

새해를 맞아 텅 빈 병원은 전에 없이 고요하다. 환자들도 명절만큼은 어떻게든 집에서 가족과 보내고 싶어 한다. 급히 수술한 환자나 엄마처럼 예상치 못했던 상황에 놓인 환자만 여기 남았다. 입원하려면 병상이 모자라 비싼 1인실마저 배정이 안 될 때가 많은데 지금은 병실 침대가 절반 넘게 비었다. 낯선 풍경이다.

병원 밥은 형편없었다. 그래도 명절이라 기대했는데 조랭이 떡국이라며 소금물 같은 계란국에 조랭이떡 몇 개를 빠뜨린 정체불명의 탕이 나왔다. 침대마다 기막힌 떡국 상을 받고는 탄식을 뱉는다. 엄마는 한 숟갈 먹고는 수저를 내려놓았다.

아버지는 여기에 올 수 없었다. 코로나 때문에 보호자는 한 명만 가능했다. 외출도 할 수 없다. 면회객도 안 된다. 아버지는 혼자 대전에서 떡을 사다가 떡국을 끓여 먹었노라 말했다. 엄마는 몇 그램에 얼마짜리 떡이냐고 물었다. 수입 밀가루로 만든 떡이었다. 아버지가 그런 걸 알 리 없었다. 뭐가 중요할까. 나는 여기서 잘 버티노라. 아버지는 그걸 엄마에게 알려주고 싶었을 것이다.

입원 후 몇 가지 검사를 진행했고 며칠째 결과를 기다리는 중이다. 강력한 마약성 진통 패치를 가슴에 붙이고 통증이 사라진 엄마는 몽롱하면서도 기분이 나아졌다.

"이러면 꼭 하나도 안 아프고 다 좋아진 거 같은데."

간에 자라고 있다는, 몸 여기저기에 전이되었다는 암에 대해 1분 1초도 잊을 수 없었다. 그러나 우리는 잠시 모른 척했다.

환자가 쑥 빠진 별일 없는 병원. 고요하고 기묘한 시간. 길고 육중한 침묵. 이 모든 공백이 작은 위로가 되었다. 새해 거짓말 같은 함박눈에 덮인 숲을 내려다보며 여기가 병원이 아니라 마음을 거두는 수도원 같다는 엉뚱한 생각에 젖는다. 엄마가 간호사 몰래 올라앉은 창턱 밖의 하늘이 뛰어들고 싶을 만큼 맑았다.

선고

오전 회진을 돌던 주치의가 잠깐 밖에서 보자며 따라 나오라고 손짓했다. 한 번도 나만 따로 부른 적이 없는데 엄마가 놀란 눈치다. 나도 갑자기 온몸이 긴장되어 굳었다.

"저기, 아무래도 마음의 준비를 하는 게 좋겠어."

귀가 멍했다.

"수술도 안 되고 약도 없어 이젠. 암이 다 퍼졌어. 내가 처음부터 그랬잖아. 힘든 암이라고."

혼자 병원 2층으로 내려와 수납창구 의자에 앉았다. 눈물이 나지 않았다.

누군가 나를 꺼버린 것 같았다.

누군가 엄마를, 우리를 싹둑 잘라버린 것 같았다.

7부

정훈아
미안해

긴 병에 효자 없다는데.

우리 정훈이가 나 미워하기 전에 잘 가야 할 텐데.

안 아프고 자는 듯 가면 그게 제일 좋은데.

엄마.

그 슬픈 말을 하던 그날의 엄마는

왜 그렇게 따뜻하고 다정했어?

이훈이에게

이훈이는 여덟 살이다. 분홍색을 좋아해서 반바지도 분홍색, 태블릿 PC 커버도 분홍색, 마스크 줄도 분홍색이다. 몇 해 전 골수암 진단을 받았다. 큰 바늘이 들어갈 때 빠질 때 아프다고 난리지만 그때를 빼면 항암을 받는 내내 씩씩하게 병원 여기저기 헤집고 다닌다. 잘 웃지 않는 차가운 고참 간호사도, 검은 얼굴의 말기 암 할아버지도 이훈이에게는 모두 무장해제다. 나 왔어요! 이 한마디에 이훈이 왔어요? 어디 갔다 왔어요? 모두가 주변으로 모여든다.

엄마와 아빠는 번갈아 이훈이를 쫓았다. 자꾸 좀이 쑤시는 이훈이를 몇 번이나 앉혀다 거북이 그림 공부를 시킨다. 휴대폰을 검색해서 창밖 나무 이름도 알려준다. 지금은 벌써 세 번째 왜 콜라를 마시면 안 되는지 차근차근 설득하는 중이다. 그들의 얘기를 듣고 있다가 나도 평생 다시는 콜라를 먹으면 안 될 것 같은 기분이 들었다.

엄마와 아빠는 아주 젊었다. 한눈에도 나보다 훨씬 나이가 어렸다. 그들과 오랜 시간을 보낸 게 아니지만 과일을 깎을 때도 슬리퍼를 정리할 때도 인형을 치울 때도 큰 소리 한번 나지 않았다. 이훈이와 반대로 아주 조용한 사람들이다. 무엇보다 그들은 고요하게 자주 웃었다. 얘기를 나누다 웃고 이훈이 어디 갔지 찾다가 웃었다. TV를 보다가 밥을 먹다가 웃었다. 나는 몇 번쯤 저들이 저리 감춤 없이 웃기까지 무엇이 필요했을까 생각했다. 슬픔을 지우는 연습이나 작은 용감함의 조립법 같은 것을.

여덟 살 아들이 암 진단을 받고 해를 넘겨 항암 치료를 받는 중에 뭐 그리 좋다고 저리 웃는가 탓하는 이들이 있었을까. 어쩌면 암을 알던 날 이훈이의 세상이 멈췄다고 행복이 무너졌다고 단정하는 이들도 있었을까. 다 틀렸다는 걸 엄마와 아빠가 알기까지 그리 오랜 시간이 걸리지 않았을지 모른다. 이훈이가 보란 듯이 여기에 새로운 세상을 차릴 거라고 다 믿기까지, 그래서 다시 웃기까지 뭐 대단한 마음이 필요치 않았는지도. 나는 그랬으면 참 좋았겠다 함부로 생각했다.

이훈아. 어느 날 너는 결국 다 알게 될까. 삶이 어디에서 오는지. 모두 너에게서 오는 걸. 행복은 또 어디에서 왔을까. 모두 너에게서 왔단 걸. 네가 잃지 않으면 누구도 너에게서 빼앗을 수 없단 걸. 오늘 저녁 이훈이는 사람들 이름표를 툭툭 건들며 이름을 불러주고 친구 재형이에게 전화해서 병원에서 무슨 냄새가 나는지 차근차근 일러준다. 세 개나 되는 링거병을 달고 손톱만큼도 자신을 잃지 않은 채 사귀고 놀고 먹고 배우고 아프고 자라며 한세상을 보란 듯이 지었다.

무례한

마음의 준비를 하라는 말을 엄마에게 전하지 못했다. 나는 아직 그 말을 이해하지도 받아들이지도 못했다. 입원한 지 어느새 일주일이 지났다. 가장 중요한 간 조직검사 결과는 아직도 나오지 않았다.

그사이 몇 번이나 엄마가 물었다.

"도대체 뭐가 어떻게 돼가는 거야?"

나는 일단 조직검사 결과가 나와야 한다는 말만 되풀이했다. 간에 큰 암 덩이가 있다는데 수술하자는 말도 항암을 하자는 말도 없이 시간만 흐르고 있었다. 엄마는 자꾸 이상하다고 말했다.

오전 회진 때 교수가 오자마자 엄마는 작정하고 따졌다.

"선생님! 그래서 어떻게 되는 거예요? 죽는 거예요? 사는 거예요? 뭐예요, 도대체?"

교수는 망설임도 감정의 미동도 없이 기다렸다는 듯 답했다.

"아직 얘기 못 들었나? 마음의 준비를 하시라니까."

엄마의 표정이 순식간에 굳는다.

"아니, 마음의 준비가 뭐예요? 언제 그런 준비를 해요?"

"뭘 언제 해, 지금 해야지. 지금 해요, 마음의 준비."

교수는 그 한마디를 남기고 병실을 빠져나갔다.

나는 놀라고 당황했다가 이내 저 이의 무례함이 우리의 세상을 그대로 삼켜버리는 것 같았다. 엄마는 연기처럼 그 자리에 흩어졌다. 시간이 얼마나 흘렀을까. 아무 말도 꺼내지 못했다. 엄마도 말이 없었다. 초침 소리, 간호사들이 오가는 소리, 환자들이 슬리퍼를 끄는 소리만 깊은 계곡에 메아리처럼 퍼졌다.

쪼깐이

옛날에 앞집에 쪼깐이라고 있었어. 엄마보다 열다섯 살이나 많았는데, 어릴 때 그 집에 불이 나서 손발이 다 쪼그라들어버렸거든. 그래서 그냥 마을 사람들이 쪼깐이라고 불렀어. 쪼깐이 남동생이 엄마랑 동창이었어. 이름이 전교였나 뭐였나. 그런데 엄마 시집가고 얼마 안 돼서 들으니까 그 전교가 죽었다고 하더라고.

밤이 늦어서야 엄마는 말을 꺼냈다.

전교 말고 점식이도 있었는데 걔도 죽었어. 종가도 죽고 옹립이도 죽고 주식이도 죽었어. 다 죽었네. 많이 죽었네. 쪼깐이도 죽었을 거야. 아흔이 다 됐을 텐데 뭐.

나는 그 말을 묵묵히 듣고만 있었다. 이제 와 왜 쪼깐이의 안부가 궁금할까. 밤이 다 가도록 마음에 웅덩이만 깊었다. 오래전에 죽은 친구들이, 몇 해 전 돌아가신 큰아버지와 얼마 전 세상을 떠난 남동생이 엄마를 차례차례 다녀간다. 열 개의, 백 개의 죽음이 전생처럼 먼 기억에서 떠올라 밤새 덮쳤다. 잠들지 않는 밤이었다.

반드시 희망이

조직검사 결과가 나왔다. 기괴하게도 신경세포종양이라는, 엄마 몸에서는 발견된 적이 없던 암 종류였다. 원래는 전이가 되었을 때 처음 발생한 곳의 암 종류와 같은 게 나와야 맞다. 의사도 드문 일이라며 고개를 갸우뚱한다. 그래도 달라지는 건 없다고 말했다. 간에서 발병한 게 아니라 자궁암이 간으로 전이된 게 맞다고. 분화도라는 걸 따지는데 저분화 암이라고 했다. 신경세포종양 중에서도 더 빨리 더 공격적으로 퍼진다.

암의 종류가 예측됐던 육종암이 아니어서 다시 항암을 해 볼 수 있는 선택지가 생겼다. 교수는 쓸 수 있는 항암제가 없다며 고개를 저었는데 상황이 조금 바뀐 것이다. 희망을 품어도 되는 걸까? 그러나 교수는 희망은 갖지 말라고 잘라 말했다. 몸 상태가 항암을 버텨낼 수 있겠느냐며 되물었다. 차라리 항암을 포기하고 완화치료를 하는 것도 답이라는 말을 덧붙였다. 완화치료란 이제 통증만을 관리하며 임종을 준비한다는 의미다.

"그래서, 항암 할래요 말래요?"

교수는 바쁜 듯 걸음을 떼면서 다시 물었다. 저 말을 저렇게도 할 수 있구나. 모멸감이 들었다. 지금까지 진료해온 주치의가 한편 고마우면서 저 자세와 태도에 진절머리가 났다. 마음의 준비라는 말을 처음 듣고 나서 무슨 수를 쓰더라도 병원을 옮겨야겠다는 결심을 굳혔지만 말기 환자를 받아주는 의사는 많지 않았다. 그러나 이미 환자를 포기한 의사에게, 희망을 갖지 말라는 이에게 치료를 맡길 수는 없었다.

무엇보다 어젯밤 엄마가 꺼낸 말.

"죽긴 누가 죽어!"

아직은 희망이 있는가. 희망은 있어야 했다. 반드시 그래야 했다. 정말 모든 걸 멈춰야 하는 때가 올지 모르겠지만 적어도 지금은 아니어야 한다.

마지막 약

결국 병원을 옮겼다. 몇 군데 연락을 돌리고 보호자 대리 진료를 본 끝에 다른 대학병원에 다행히 엄마를 맡아보겠다는 의사를 찾았다. 집에서도 훨씬 가까워졌다.
새로운 의사는 임상시험을 권했다. 면역 항암제였다. 아직은 효과가 검증되지 않아서 말 그대로 실험이 진행 중인 약이다. 간으로 전이된 암 종류가 밝혀지면서 써볼 수 있는 화학 항암제가 있었지만 몸 상태를 고려했을 때 대안이 될 수 없다고 의사는 말했다. 장기 손상이나 쇼크 위험이 너무 컸다.
새로운 면역 항암제의 임상시험에는 상당한 차도를 보이는 말기 환자들이 있었다. 부작용도 훨씬 덜한 약이다. 우리가 선택할 수 있는 마지막 방법이었다. 집에서 통원하며 병원에 가서 하루 동안 주사를 맞는다. 2주를 쉬고 다시 병원에 가서 또 항암을 하는 주기다.
밤낮을 가리지 않고 그 약을 썼다는 환자를 찾아 인터넷을 뒤졌다. 암 진행이 오히려 더 빨라져서 임종만 가까워졌다는 사람들도 있었다. 아직 제대로 보고되지 않은 심각한 부작용을 겪었다는 사람들까지. 반면에 이 약을 통해 암이 거의 사라져서 기적 같은 일이 벌어졌다는 글도 적지 않았다. 더 아팠다는 사람을 발견할 때마다, 호전됐다는 사람을 찾을 때마다 마음이 지옥까지 꺼졌다가 다시 솟았다.

어쨌건 엄마가 쓸 수 있는 마지막 약이 있다는 말. 그 약으로 호전된 환자들이 있다는 말. 그럼 되었다. 단 하나 남은 기회였다.

세 점

엄마의 팔에는 손목부터 팔꿈치 안쪽을 향해 1센티미터 간격으로 세 개의 푸른 점이 있다. 그게 문신이란 걸 알고 참 신기했는데 우정 때문에 새겼다는 걸 이제야 듣고 더 놀라웠다.

"열다섯. 친구 셋이 우리 우정 변하지 말자고 한 거지."

"누구랑 했어?"

"그러게. 누구랑 했지. 윤욱이랑 했나 남선이랑 했나."

바래지 않을 우정이었는데 이제는 그게 누구였는지조차 가물가물해졌다.

"바늘에다 먹물 묻혀서 살에 찔렀다 뺀 것 같아. 생각도 안 나. 누가 해줬나. 혼자는 못 하는데. 어떻게 했지? 그때는 소

독도 안 하고 그냥 했던 거 같은데. 바늘을 불에 그을렸나.”

얼마나 쓰렸는지, 아프지 않았는지 아무것도 기억나지 않는다. 세월이 너무 많이 지났다. 삶이 너무 빨리 흘렀다.

“무슨 생각으로 했어?”

“몰라. 철을 알았으면 안 했지. 철을 몰랐으니까 했지. 엄마도 사춘기라는 게 있었나 보지.”

“나도 누구랑 이런 거 한번 해볼까?”

푸른 점 세 개. 사춘기 엄마가 살던 손목. 남선이가 좋아서 윤욱이가 예뻐서 세상 두 쪽 나도 헤어지고 싶지 않았던 시절. 조금 부끄럽고 하얗게 지워져 애틋한 날들이 입맞춤을 데리고 안겨드는데. 엄마가 내게 아직 들려주지 못한 세상이 이렇게 첩첩이 둘러싸는데. 진통제의 양은 계속 늘어갔다. 그러다 한 번씩 단 한 번도 아픈 적이 없던 것처럼 앞으로도 아프지 않을 것처럼 해맑은 엄마가 선명히 있었다.

변화

덜 아파야 남편이 보이지. 자식도 보이고 형제도 보이지. 너무 많이 아프면 안 보여, 아무도.
겨우 정신을 차린 엄마가 어두운 천장을 향해 말한다. 몸이 마음을 짓는다. 통증이 사람을 지운다.

신발장 한편에 한 번도 신지 않은 새 운동화가 놓여 있다. 작년 겨울이 막 시작될 즈음이었다. 비싼 여름 운동화가 세일에 들어갔다. 엄마가 좋아하는 색이었다. 내년에 새 신발 신고 나랑 실컷 산책 다니자 사두었다. 저 운동화를 신을 수 있을까. 문득 그게 궁금해졌다.
엄마의 발은 점점 작아지고 있다. 발목도 종아리도 손도 작아져 머지않아 얇은 실선이 될 것처럼. 그사이 체중은 또 빠졌다. 이제 39킬로그램. 하루 스무 시간씩 잠을 자고 우유 몇 모금 외에는 모든 음식을 거부한다. 발음이 어눌해지고 균형 감각이 떨어지고 자꾸 날짜를 잊었다. 다리에도 힘이 풀렸다.

정확히 설명하기 힘들지만 엄마가 아닌 다른 사람 같다는 느낌이 드는 순간들도 있었다. 했던 말을 또 하고 하지 않은 말을 했다고 하는 일도 생겼다. 간성혼수라는 것 같다. 간이 해독 작용을 하지 못하며 독성물질이 뇌와 온몸에 영향을 미친다. 어쩌면 암이 뇌에 전이되었는지도 모른다.

면역 항암은 겨우 두 번을 진행했다. 의사가 입원을 결정한 게 벌써 나흘 전 일이다. 일단 배 안에 물이 너무 차오르니 그걸 빼야 한다. 음식을 못 먹으니 항암을 받으려면 영양제든 뭐든 병원에서 지켜보며 체력도 좀 올려야 한다.

그러나 빈 병실이 없다. 의사가 최대한 빨리 입원하도록 연락을 해놓겠다 했지만 며칠이 지나도록 자리가 나지 않는다. 응급실은 코로나 환자가 생기며 폐쇄되었다. 왜 입원실이 안 나는지 하루가 멀다고 따져 물었지만 조금만 더 기다리라는 답이 돌아올 뿐이었다. 시간만 자꾸 흘러가고 있었다.

입원

"병실이 났는데 말이죠. 간호간병 통합병동이라고. 보호자가 같이 들어올 수 없어요. 간호사실도 들어올 수 없고요. 보호자는 병동 입구까지만 오실 수 있어요. 특히 코로나 때문에 꼭 지켜야 하고요. 그래도 입원하실 거죠? 아니면 얼마나 더 기다릴지 알 수 없는데."

간호사와 요양 보호사가 말 그대로 보호자를 대신해 간병까지 맡아주는 병실이다. 제도는 진즉에 들어 알고 있었다. 아무리 그래도 병원에 혼자 들여보내야 한다니. 그러나 다른 방법이 없었다.

"나 무서워."

엄마는 처음으로 나 없이 입원한다는 게 두려웠다.

"걱정하지 마. 별거 아니라니까. 이번에는 가서 배에 물 빼고 영양제 주사 맞고 그러고 오는 거야. 그게 다야. 나랑 계속 통화하면 되니까."

"그래도 너도 없는데 어떡해. 무서워."

나는 엄마를 달래다가 짜증을 냈다가 화를 내기도 했다. 배가 터질 것처럼 부풀고 당장 음식을 못 먹는데 방법이 없다. 이마저도 서둘러야 했다. 엄마는 마지못해 알겠다고 말했다.

마지막 입원이 될 거라는 걸 아무도 알지 못했다.

검은 날들

"정후은으아. 엄마아 정신이 너무 이이상해애애. 치매인 거 같으아."

미쳐버릴 것 같다.

엄마가 간호간병 병실에 들어간 지 일주일이 흘렀다. 그사이 네 번쯤 병원에 찾아가 엄마를 만났다. 간호사는 절대로 안 된다며 말렸지만 사정하고 기다리고 매달렸다. 매번 5분쯤 엄마를 봤다. 그때마다 병세는 악화되고 있었다.

직접 볼 수 없는 때에는 다만 전화를 걸 뿐이었다. 엄마는 제일 먼저 시간을 잊었고 횡설수설하기 시작했다. 눈을 감으면 무언가 아른거린다고 말했다. 긴 얘기를 나누기 어려워졌다. 전화기가 꺼지는 일도, 전화를 받지 못하는 일도 잦아졌다.

전화기 너머 엄마는 마치 지워지는 사람 같았다.

간호사에게 의사에게 빌었다. 너무 이상하니 제발 내가 들어갈 수 있게 해달라고. 상태가 안 좋아지는 건 맞지만 목숨이 위중한 상황은 아니니 보호자는 상주할 수 없다는 말만 반복해서 돌아왔다.

무작정 데리고 나와야 할까. 여기저기 코로나로 폐쇄된 응급실이 천지에 입원해 있던 환자도 나가야 하는 판이라는데 그러면 이제 어디로 가야 할까.

"들어오세요. 보호자 상주 허락이 났어요."

며칠 뒤 드디어 허락이 떨어졌다. 짐을 싸서 무슨 정신인지 모른 채 병동에 도착했다. 병동 문이 열리고 처음 보는 복도를 따라 처음 보는 병실에 들어섰다. 엄마는 가느다랗게 신음을 내뱉으며 난간에 머리를 기댄 채 있었다. 나는 떨리는 몸으로 엄마를 꼭 안았다. 엄마는 정신을 차리지 못하고 다만 가늘게 눈을 뜨더니 "아가아아. 왔으어…?" 말하고 다시 눈을 감았다. 입가에 침인지 음료인지 하얀 자국이 말라붙어 있었다.

남은 시간

스스로 몸을 일으키지 못했고 소변도 볼 수 없었다. 횡설수설 웅얼웅얼. 정신을 차리고 아무리 귀를 기울여도 반도 알아들을 수 없는 말과 신음을 간신히 뱉어내고 있었다.

머리 촬영을 하려고 세 번이나 시도했지만 실패했다. 통증 때문인지 아니면 혼란스러운 정신 때문인지 쉼 없이 몸을 움직였다. 수면 마취도 소용없었다. 마취제를 더 강하게 쓸 수는 있지만 너무 위험하다. 의사는 머리 촬영은 그만두는 게 좋겠다고 말했다. 촬영한들, 뭘 발견한들 방법이 없다고.

주치의는 컴퓨터 모니터를 가리키며 새로 찍은 CT에서 여기서부터 저기까지 다 암이라고 말했다. 암은 이제 10센티미터를 넘어 주먹보다 커져 있었다. 면역 항암제는 아무런 소용이 없었다. 아마 뇌로도 전이되었을 것이다. 상체 대부분 암이 퍼졌다.
“한 달쯤. 많으면 그 정도. 그렇게 남았을 것 같아요.”
의사는 이제 치료를 중지하고 호스피스로 가는 게 최선이라는 말을 남겼다.

엄마는 계속 정신을 차리고 싶은 것 같았다. 그러나 모르핀이 더 깊은 안개 속으로 엄마를 자꾸 끌어내린다. 여기저기 호스피스에 전화를 돌렸다. 코로나 때문에 보호자가 같이 지낼 수 있는 곳은 많지 않았다. 아버지에게도 엄마와 마지막을 보낼 시간이 필요하다. 셋이 지낼 수 있는 호스피스는 전국에 오직 한 곳뿐이었다. 원장이라는 이에게 애원했다. 한 달이면 수백만 원이 나온다는 특실도 상관없었다. 상태를 전해 들은 원장은 대기자가 좀 밀려 있지만 워낙 위중하니 방법을 찾아보겠다고 말했다.
엄마의 시간이 이제 정말 저물고 있었다. 아무리 써도 소진되지 않을 듯한 날이 저 앞에 있던 것 같은데 길고 영원한 밤이 오고 있었다.

모과

탁자에 단정하게 올려놓은 세 개의 모과를 찍은 사진. 4년 전이었나. 오랜만에 고향 집에 들른 내게 엄마는 새벽에 운동하는데 집 앞에 모과가 너무 탐스럽게 열려 있더라 말했다. 그래서 떨어진 것 두 개, 아버지 시켜서 새로 딴 것 하나를 너 주려 챙겨뒀다고.

반찬이며 뭐며 바리바리 싸주는 엄마에게 이것도 무거운데 무슨 모과냐고 짜증을 냈다. 엄마는 "그럼 가져가지 마!" 했는데 서울에 올라와 짐을 풀어보니 안쪽에 모과가 감춰져 있었다. 기어이 이걸. 그러면서 그릇에 담아 탁자 위에 두고는 사진을 한 장 찍었다.

그때의 모과 세 개가 이제야 내 안에 들어온다. 고운 모과를 멀리 사는 아들과 나란히 보고 싶던 엄마를 오늘에야 눈치챈다. 이제 겨우 모과 냄새를 맡고 싶어졌는데 오래전에 썩어 사라지고 없다.

다시는 누구도 내게 서울로 운전해서 올라가는 길 졸지 말라고 사과와 참외를 깎아 담은 봉지를 건네지 않는다. 다시는 마흔이 넘었으니 운동해야 한다고 일을 줄여야 한다고 잔소리하지 않는다. 두 번 다시 누구도 환영받지 못한 반찬을 꾹꾹 눌러 담아 냉장고를 채우지 않는다.

엄마는 한 번도 늦은 적이 없었다.
나는 언제나 엄마를 늦게 늦게 발견하고 말았다.

신기루 병실

효은이도 불합격했어.

뻔하니까 할머니도 잤어요.

말기 암 환자들이 모인 병실은 밤새 알 수 없는 속삭임이 줄을 잇는다. 아아아아 으으으으 그 틈을 낮은 신음이 촘촘히 메운다. 인식장애, 인지장애, 망상, 섬망. 각자의 이유로 안개 낀 머릿속을 떠돈다. 끝이 없이 그 곁을 함께 헤매는 기분이다. 그들 사이에 엄마가 있다.

환청과 섬망은 무서운 일이었다. 나는 엄마가 움직이지 못하도록 꼭 잡거나 옆 환자를 다른 이름으로 부르지 못하도록 말려야 했다. 온몸을 뒤틀며 침대 끝으로 떨어질 듯 걸치는 걸 막다가 링거 줄이 팔과 다리에 뒤엉켰다.

아그아. 아그아.
한두 번 정신을 차린 엄마가 희미하고 어눌한 발음으로 쉿소리를 섞어 아가, 나를 부른다.

나 여기 있어.
가즈아. 아그아. 나가자아아.
엄마는 느리게 여기서 이제 나가자고 집에 가자고 말했다.

응, 엄마. 우리 이제 가자.

캄캄하고 추운 밤을 엄마가 너무 오래 헤맸다. 몸과 마음의 짐을 혼자 다 지고 너무 오래 아팠다. 나는 이제야 엄마를 놓아주고 싶었다. 하나님, 부처님에게 엄마는 정말이지 최선을 다했다고 이제 그만 고통을 멈춰달라고 빌고 싶어졌다. 이제는 떠나야 한다는 걸 알았다. 엄마도 그만 이 모든 통증을 멈추고 싶을 거라고 나는 이제 다 알았다.

호스피스

"왜 이제 왔어요. 조금 더 일찍 오지. 한 달이 뭐예요. 일주일 넘기기가 어려울 것 같은데."
호스피스에 들어오고 원장이 건넨 첫마디였다.
여기에 도착한 지 사흘째 되는 날부터 엄마는 의식이 거의 없었다. 그르렁 그르렁 간신히 낮은 신음이 새어 나올 뿐이다. 간혹 해석할 수 없는 소리를 뱉었다. 귀를 가까이 대고 최선을 다해 집중해도 알아들을 수 없었다. 더 이상 보지 않고 말하지 않으면서 무슨 꿈을 꾸고 있을까. 떠나고 싶을까 잠시 더 머물고 싶을까.
며칠 두고 보던 담당의가 따로 잠깐 얘기를 나누자며 나를 불렀다.

"먼 훗날 돌아보면 어머니가 얼마나 더 곁에 머물렀는지보다 덜 고통받고 편안히 떠났다는 게 훨씬 위로가 될 거예요. 어머니가 편안할 수 있기를, 오직 그것만 생각해요."
그 말이 깊이 위로가 되었다. 의사는 고통을 덜어주는 게 자신이 할 수 있는 전부라는 말도 덧붙였다. 진통제의 양이 늘고 엄마는 점점 더 깊은 꿈에 빠졌다.

아버지는 나뭇가지 같은 엄마의 발목을 쓰다듬으며 같은 말을 반복했다.
"당신은 천당 가서 왕 돼, 왕. 좋은 일 많이 했으니까 왕 될 거야."
아버지가 할 수 있는 최선의 기도였다. 엄마는 말하지 않지만 속으로 뭐라 대답하고 있을까. 아직 따뜻한 손이 금방이라도 아버지와 나를 만질 것 같은데 힘없이 자꾸 흘러내렸다.
이제 임종을 준비해야 한다. 친척들과 엄마의 친구들이 마지막 인사를 나눌 수 있도록 챙겨야 한다. 장례식장을, 장례 절차를 생각해야 한다. 무슨 일이 있어도 내가 살려내겠다는 약속은 모두 흩어져버렸다. 아무것도 할 수 없으면서 아무것도 알지 못하면서 무엇을 다짐했던 걸까. 얇고 떠는 몸이 어느 꿈을 헤매는지 찾고 싶을 뿐이다.
너무 오래 너무 자주 혼자이게 해서 미안하다는 말을 하지 못했다. 지켜주지 못해 미안하다는 말도 하지 못했다. 틀림없이 그 말을 나보다 더 아파할 것 같았다.

언젠가는

나무는 싫어 엄마
구름은 걸리는 게 없어 좋더라도 나는 싫어 그냥 싫어

엄마
그런 거 말고 사랑으로 다시 오면 안 돼?

꽃으로 난다는 말 다 지우고
바람으로 보자는 말 다 버리고

엄마
사랑하는 이로 다시

사람의 세상에

기다리고 맴돌고 애달파 부서지는

내 사람으로 다시

꼭 사랑으로 다시

순간들

가슴으로 쉬던 숨은 어깨를 지나 목 위로 올라왔다. 간호사는 턱호흡이라고 했다. 소변량이 급격히 줄면서 영양제 투여를 멈췄다. 이제 소변줄로 소변이 거의 나오지 않는다. 발끝에는 붉고 푸른 멍과 점이 나타나기 시작했다. 혈압은 60 아래로 떨어졌다. 엄마의 몸이 멈춰가고 있었다.

"어머님 모습이 나쁘지 않아요. 편안하신 거 같아요."

다녀가는 요양 보호사마다 같은 말을 건넸다. 진심이라고 믿었다. 아프지 않으면, 엄마의 마지막이 고통스럽지 않다면 그보다 더 중요한 건 없었다.

끝까지 귀는 열린다는 얘기를 들었다. 끝까지 소리만은 들을 수 있댔다. 파도의 포말이 부서지는 소리와 새소리를 밤새 틀어뒀다. 우리가 같이 갔던 바다를, 산을, 절과 성당을, 낯선 세상과 숱한 여행을 기억해줄까. 비행기를 타며 들떴던 표정과 아이 같던 말투처럼 한 세상을 떠나 다음 어딘가로 이어지는 길이 당신에게 여행 같으면 좋겠다고 생각했다.

"외할머니, 외할아버지 만나서 재미있게 놀고 있으면 언젠가 아버지도 거기로 가고 나도 여기서 최선을 다해 살다가 갈게. 많이 늦지 않을게. 다시 만나 엄마."

귀에 대고 이제 엄마가 부재할 시간에 대해 약속했다. 나는 잘 견딜 거야. 아버지도 그럴 거야. 엄마가 사랑했던 사람들도 잘 작별할 수 있도록 하나하나 챙길 거야. 그러니까 아무 걱정하지 마.

호흡을 멈추며 임종을 맞을 거라고 간호사는 말했다. 가냘프고 힘겹게 이어가는 저 숨을 어느 순간 깊고 크게 들이쉬고 내쉬고 그리고 멈출 거라고.

마지막 숨. 나는 그 말 이후로 엄마의 숨만을 관찰한다. 1초, 2초, 3초, 호흡이 없으면 가슴이 뛰다가 흡, 하고 다음 호흡이 이어지면 나도 따라 잠시 숨을 놓는다.

얼마나 시간이 흘렀을까. 호흡이 가늘어지기 시작했다. 마른 입술을 오가는 얇고 희미한 공기. 그리고 마침내 천천히 엄마의 숨이 멎는다.

가장 먼저 호흡이 멈췄다. 그러고도 잠시 심장이 뛰었다. 그러다가 아주 느리게 심장 박동이 사라졌다. 몸이 조금씩 식는다. 몸이 굳는다.

나는 엄마의 죽음을 따라 코를, 입술을, 가슴을, 손목을, 발목을 다 만졌다. 곁에서 하나하나 지켜보고 느꼈다. 빠짐없이 전부 다 내 안에 새겼다.

찬 손을 한 번 더 쥐었다.

내가 할 수 있는 유일한 일은 엄마의 지금을 최대한 오래 눈에 담아두는 것뿐이었다.

8부

슬픔이
슬픔에게

당신을 가져다 봄을 지으면 저런 꽃이 피려나. 웃음의 색이라든가 울음의 냄새라든가 꼭 저만하려나. 가슴에 등을 붙이고 나란히 누워 슬픔을 겹치던 밤이 어제 같은데 그래도 한 음 한 음 서로 이름을 불러주면 봄인가 싶으려나. 봄보다 좋은 밤이었다 가장 좋은 밤이었다 말해주고 싶은데 당신이 웃어주려나 아니면 더 슬프고 말려나.

봄날

육이오 끝나고 먹을 게 없어서 논두렁 밭두렁을 돌면서 찔레꽃을 꺾어 먹었지. 쑥도 뜯어 먹고, 삐꾹대도 먹고, 엉겅퀴꽃에서 피는 거도 먹었지. 소나무 송진은 꼭꼭 씹으면 쓰긴 쓴데 계속 씹으면 단물 빠진 껌이랑 꼭 같았지. 나처럼 못살아서 그리 헤매고 산 사람 몇이나 되겠어. 그래도 그게 다 어느새 추억이 돼버렸지.

유골을 들고 장지로 향하는 버스 너머 봄이 오고 있었다. 엄마가 뜯어 먹고 꺾어 먹던 풀과 꽃이 길을 메우기 시작했다. 지난 사흘 장례를 치르는 동안 빈소 한편에 마련된 검은 구멍 같은 방에서 몇십 분씩 쉬기도 하고 잠도 잤다. 아홉 남매. 그중 외삼촌 하나가 작년에 먼저 떠나고 엄마가 뒤를 따랐다. 여섯이나 되는 이모들이 나와 한둘 방에 남을 때마다 번갈아 가며 말했다. 정훈아 결국 다 지나간다. 처음에는 서운하기도 하고 알 수 없이 화도 났는데 어느 순간 이모의 입을 바라보다가 엄마의 입매를 발견하고 강팍한 마음은 이내 숨을 죽였다.

엄마도 같은 말을 하고 싶을까. 배곯아 도망치고 싶던 날도 다 추억이 되더라고. 지금은 숨이 막혀도 언젠가 덜 아픈 날이 온다고. 아니면 그저 오래오래 기억해달라 하고플지 모르겠다. 그도 아니면 추억으로 만나야 하는 사람이 되어서 미안하다고 속삭이고 싶을지도.

코로나 때문에 죽는 사람이 많다고 했다. 화장터가 밀려 삼일장이 아니라 사일장이 되고 말았다. 버스는 너른 잔디에 비켜 목적지에 도착했다. 가볍지도 무겁지도 않은 유골함은 땅에 묻혀 썩을 거라 들었다. 마지막 남은 뼛가루마저 그렇게 흩어질 거라고.

그럼 엄마는 이제 저 봄 어디에 숨는가 나는 생각했다. 어디라도 찾을 수 있을 텐데. 엄마가 늦게 퇴근할 때마다 장롱

속에, 부엌 구석에 숨어 놀래주던 어릴 적 실력으로 이제 술래가 되면 봄을 다 뒤져 엄마를 꼭 찾을 수 있을 것 같았다.

새로 낸 무덤에는 울음 많은 사람들이 잔뜩 오가며 어쩌자고 자꾸 꽃을 쏟는다.

투정

거기 잘 도착했어? 할머니도 잘 만났지? 거기도 꽃이 피고 꽃이 지고 여름이 오고 그런가. 무슨 옷을 입었어? 밥도 먹었어?

나는 또 꿈을 꿨어. 이번에는 엄마가 나 몰래 어디를 한참 다녀온 거 있지. 녹초가 되어 돌아온 엄마를 옆에 눕히고 볼을 얼마나 쓰다듬었나 몰라. 잠은 어찌 잤어? 안 힘들었어? 계속 묻는데 아무 답도 안 하고 바라만 보더라고. 그러다 꿈이라는 걸 알아버렸어. 차라리 몰랐으면 얼마나 좋았을까. 깨어나서 한참 동안 엄마를 불렀어. 빈방에서 엄마를 실컷 불렀어.

그러다가 오늘은 이런 꿈을 꿨다고 누구에게든 일러주고 싶은데 아무리 생각해도 말해줄 사람이 없는 거야. 새벽부터 밤까지 엄마 얘기를 실컷 하고 싶은데 그럴 사람이 아무도 없는 거야. 엄마가 보고 싶다고 어디든 말하고 싶은데 엄마 사진도 보여주고 싶은데 아무것도 하지 못했어. 나는 이제 아무것도 아닌 사람이 된 것만 같아.

엄마. 사람들은 이런 꿈을 꾸고 나면 누굴 안고 버티는 걸까. 어디에 얼굴을 비벼 울다가 민망해질까. 아휴 이만큼 질질거렸으면 이제 밥도 먹고 빨래도 해야겠다 싶은 걸까. 안 그래야 하는데 자꾸 일러바치게 되네. 잘 있다고 말해주고 싶은데 자꾸자꾸 들켜버리고도 싶네. 이러면 엄마가 자주 꿈에 올까. 다음번 꿈에는 무엇이든 말해줄까. 엄마 쉬지도 못하게. 그래도 나는 나 아픈 거 그리운 거 다 이르고만 싶은데.

남은 것

"이런 거 다 뭐에 쓰게! 으이씨."

주방 베란다를 치우던 아버지가 소리를 치고는 타일 바닥에 주저앉았다. 그곳에는 엄마가 작은 항아리에 가득 모아 둔 끈과 고무줄 묶음이 꾹꾹 눌러 담겨 있었다. 어디에든 쓰겠지. 커피 병부터 소스 병까지 하나하나 라벨을 벗기고 씻어둔 유리병들도 가지런히 먼지를 쓰고 있었다. 낡은 보자기가, 포개져 봄을 기다린 이 빠진 사기 화분이 찬장 아래 빼곡히 놓여 있었다.

엄마의 화장대 서랍을 정리하다 깊은 곳에 감춰둔 귀금속 주머니를 발견했다. 금반지 세 개, 금팔찌 하나, 금목걸이 하나. 이게 칠십 평생 모으고 아꼈던 금붙이의 전부다. 수천만

원 병원비를 자식 손 안 빌리려 마련해둔 엄마가 당신을 꾸미려고 사둔 귀금속은 고작 한 줌을 넘지 않았다.
안방 장롱 위 설명서라고 이름 붙여진 작은 박스 안에서는 청첩장 수백 장이 쏟아져 나왔다. 봉투에는 3만 원, 5만 원, 10만 원, 엄마가 냈던 축의금 액수가 적혀 있다. 너 결혼하면 다 다시 받아야지. 엄마의 목소리가 멀리서 들리는 거 같았다. 새 청첩장이 오면 봉투에 금액을 적어두고는 나의 결혼을 혼자 얼마나 오래 그려봤을까. 아이고 나는 이만큼 했는데 이이는 이렇게 많이 했네, 오지 않는 그날에 벌써 신이 났을까.

집 안 여기저기에 엄마가 시나브로 모은 것과 차마 모으지 못한 것이 너무 많았다. 무엇이든 추리고 정리하면 숨이라도 쉴 수 있을까 헤집었는데 모두 하염없이 엄마를 기다리는 것 같아 버리지도 데리고 살지도 못하게 되었다. 아버지는 엄하게 떠난 사람을 탓한다. 쓰지도 못할 거를 이거 이거 하나도 써보지도 못할 거를. 그래도 모르지 아버지. 모으는 맘이 쓰는 맘보다 더 애틋했는지도. 그래도 모르지 아버지. 한 번씩은 저 쓸모를 채워주고 싶은 맘에 다녀갈지도.
나는 아무 말도 하지 않고 속으로만 엄마 편을 들었다.

미안하다 1

뒤늦게 엄마의 휴대폰을 살펴보다가 검은 화면 모서리에 살짝 머리카락이 걸린 영상 하나를 발견했다. 살아 있을 때 찍은 마지막 영상이었다. 영상도 사진도 잘 찍는 엄마가 이제 정신이 다 망가진 탓인지 얼굴 하나 제대로 맞추지 못했다.
영상은 여럿이었다. 시도했다가 실패하고 시도했다가 실패했을 것이다. 무엇을 남기고 싶었을까. 마지막 말 한마디 남았는가 아무리 뒤져도 그저 그림자뿐이다.
엄마는 유언을 남기지 못했다. 어찌 사람이 말 한마디 주지 않고 그냥 가는가. 아버지는 두고두고 서러웠다.
유언은 아니지만 내게는 이런 말을 준 적이 있다.
정훈아 너무 슬퍼하지 말고 살아. 너 혼자 다 하려고 하지 말고.

이제 와 그 말을 유언처럼 받아들였다.

실은 한마디가 더 있다. 엄마의 정신이 그나마 온전했을 때 내게 뚜렷하게 건넨 말. 마지막 입원이 될 줄 모르고 병원에 가던 길. 주차장 입구로 유턴을 해 들어가는 도로에서 신호에 걸려 멈췄을 때 엄마는 말했다. 통증 때문에 오래 침묵하다가 한 음 한 음 또박또박 뱉었다.

정훈아, 미안해.

그날의 풍경, 그 말을 하던 표정과 눈빛이 사진처럼 선명하게 남았다. 엄마가 준 엉터리 말 주변을 아침부터 밤까지 서성거린다. 고르고 골라 남긴 말이 어째 미안하다는 말인가. 메울 수 없는 구덩이처럼 그 앞에 나는 푹 꺼지고 말았다.

미안하다 2

일주일에 세 번도 좋고, 한번 가면 세 시간도 네 시간도 좋고 아버지는 엄마의 무덤 덜 자란 잔디 옆에 한참 머물다 돌아오곤 했다. 왜 그리 자주 가냐 물으니 보고 싶어서라는 말도 아니고 허전해서 그렇다는 말도 아니고 대신 이런 답이 돌아왔다.

잘못했다고 빌러 가는 거여. 죄가 너무 많아서.

나는 그 말에 잔뜩 부아가 났다.

왜 우리는 자꾸 미안해질까. 엄마도 나도 아버지도 왜 자꾸 우리는 죄인일까. 엄마가 무언가를 잘못해서 아픈 게 아니었을 텐데. 내가 무언가를 잘못해서 이별이 더 빨리 온 건 아닐 텐데. 우리가 뭘 잘못해서 신이 우리를 미워해서 그런 게 아닐 텐데.
마음을 하루 종일 비비고 문질러도 미안하다는 말 하나가 씻기지 않는다.

말의 숲

원고를 출판사에 넘기기로 약속했던 마감일이 몇 개월이나 지났다. 글은 겨우 반쯤 쓰였다. 마지막 문장은 엄마가 무너지기 시작했던 어느 날에 멈춰 있었다. 여러 번 다시 쓰려고 컴퓨터를 켰다가 이내 덮고 말았다. 병원 기록과 메모를 펼치기가, 사진을 꺼내보기가, 엄마의 목소리가 담긴 녹음을 다시 듣기가 두려워 엄두를 내지 못한다.

다음 주면 사십구재다. 망자가 49일 동안 떠나지 않고 이승에 머문다는 그 말에 기대 이별을 미루며 버텼는지 모르겠다. 이제 다음은 무엇일까. 세상 대부분의 사람이 사랑하는 이를 죽음 너머로 떠나보냈을 텐데. 가장 아끼는 이를 가장 먼 곳으로 놓아줬을 텐데. 다들 어떻게 견뎠을까.

사십구재 전에는 엄마의 생일이 있다. 엄마가 어젯밤 꿈에 나타나 묵밥 한 그릇을 맛있게 먹었다. 눈을 떠서도 생생했다. 미역국, 고사리, 조기, 전, 불고기. 그리고 급히 추가된 묵밥까지. 무덤 앞에 생일상을 차렸다.

처음 진단을 받은 때부터 오늘까지. 매 순간 모르지 않으려고 애써도 알 수 없는 것투성이였다. 마지막 항암인 걸, 마지막 입원인 걸, 마지막 말과 마지막 눈빛인 걸 알았다면 그렇게 무겁게 바라보는 일은 없었을까. 3년에 가까운 투병 동안 엄마가 나의 웃음보다 근심 어린 표정을 더 많이 봤을 거란 생각이 아침내 맴돌았다.

"엄마! 이거 다 내가 했어!"

생일상을 앞에 두고 일부러 크게 말했다.

"나 잘했어?"

어금니까지 보이도록 온 주름을 다 써서 힘껏 웃었다.

"응! 고마워 엄마."

아무도 말하지 않고 나만 듣는 말들이 푸른 잎 사이로 어김없이 도착했다.

봄처럼 솟던 말들. 며칠 만에 면도하고 욕실을 나올 때, 아휴 이렇게 잘생긴 게 누구 아들이야, 하는 말들. 새로 산 바지를 입을 때, 뭔 남자 다리가 이렇게 고와서 다 껌뻑 죽겠네, 하는 말들. 예쁘다 멋있다 착하다, 온 세상 좋은 단어를 다 가져다 나를 가득 피우던 말들.
아이고, 우리 아들밖에 없네. 이번에도 엄마는 그렇게 말했을 거다. 간이 안 맞는 미역국을 최고라며 먹고 불고기 국물까지 남기지 않을 거다. 옆 무덤 건너 새로 사귄 동무들에게 하나하나 빠짐없이 다 자랑했을 거다.

떠나지 않고 점점 울창해지는 엄마의 말 숲이었다.

둘

아버지에게 세탁기를 어떻게 쓰는지 알려드렸다.

"그런 거 배워서 뭐 해. 니 엄마 나아서 올 건데."

엄마가 서울에 있는 내내 몇 번이나 세탁기 사용법을 말해줘도 아버지는 고집을 피웠다. 그러며 일부러 손빨래했다. 언젠가 내려와 밀린 빨래를 속 시원히 해치우리란 엄마는 이제 세상에 없다. 아버지는 세탁기 쓰는 법을 배워야 한다. 전자레인지도 어떻게 쓰는지 설명하고 작은 종이에 써서 붙여뒀다. 어떤 접시가 전자레인지에 들어가면 안 되는지 두 번 세 번 일러두었다. 이제 대전 살림은 아버지의 몫이다.

아버지가 냉장고를 열고 열무김치를 꺼내온다. 말기 암 투병을 하는 중에도 잠시 고향 집에 내려온 엄마가 쉬지 않고 담가둔 김치다. 암 환자가 아버지 김치 걱정이 다 뭐냐고 내 핀잔을 들어가며 엄마는 김치를 담갔다. 한창 맛있게 익은 김치를 꺼내 차린 식탁에 당신이 없을 것을 한 번이라도 상상했을까. 남겨진 사내 둘이 그 김치를 앞에 두고 아무 말 없이 꾸역꾸역 흰밥 한 그릇씩 해치울 걸 꿈에라도 알았을까. 깍두기, 김장 김치가 가을 너머까지 먹을 만큼 넉넉했다.

죽은 자의 김치가 밥상에 놓여 산 자를 먹인다. 밥 먹는 일도 까맣게 잊을 것만 같은데 끼니때가 되면 어김없이 배는 고팠다. 아버지가 밥을 먹으면 나도 밥을 먹는다. 내가 밥을 먹으면 아버지도 밥을 먹는다.

정신을 차리고 이제서야 비로소 아버지와 같이 남겨져 다행이라는 생각이 들었다. 정훈이 잘 지키라는 짐을 당신이 나한테 남겼어. 아버지는 몇 번이나 혼잣말하다가 내게 들켰다. 엄마의 자리에서 삶을 이어갈 사람이 둘이나 되었다. 엄마의 빈 곳에서 서로를 지켜낼 사람이 둘이나 남아 있었다.

한강공원

"그거 알아? 미루나무에는 벌레가 없어."

웬일인지 모기도 벌레도 없는 한강 변 벤치에 앉았다가 난데없이 엄마가 말했다. 낮 내내 요란하게 뉴스에서 떠들던 초여름 무더위가 호들갑으로 느껴질 만큼 상쾌한 밤이었다.

"진짜?"

"응. 미루나무는 벌레 안 먹어."

"희한하네. 왜?"

"왠 줄 알아? 미루나무니까 미끄러워서 그렇지! 히히."

이번에도 속았다. 세상 싱거운 엄마식 농담. 또 있다.

"저거 민들레 알지? 저거 노래도 알아? 민들레 홀씨…"

"민들레 홀씨 되어 날아가고 뭐 그런 거?"

"아니 바보 멍충이. 민들레 홀씨 되어 날아가기 전에 무쳐 먹어야 맛있다. 이거거든?"
"뭐야 그게."
"진짜야. 홀씨 되기 시작하면 민들레는 질겨져서 못 먹어. 진짜야 진짜."
웃음을 감추는 엄마의 표정에 참인지 거짓인지 갸우뚱한다.

임종 이후 몇 달 동안 한강에 가지 못했다. 추억이 너무 많았다. 다 감당할 수 없었다. 그러던 것이 오늘은 왜일까 아무래도 좋으니 한강에 나가보자 마음먹었다.
날이 맑아 수많은 인파가 오가고 시선이 걸리는 풍경마다 아니나 다를까 엄마의 기억이 잔뜩 묻었다. 철봉과 그네에서 엄마는 운동하다 나를 돌아본다. 흔들의자에 앉아서 편의점 아이스크림으로 먹방을 찍는다. 꽃의 이름을 나무의 이야기를 자꾸 들려준다.
그 끝에 엄마의 미루나무가 아무렇지 않게 서 있다. 참인지 거짓인지 알 수 없는 얘기가 어디로 흘러가지 않고 아직도 걸려 있다. 남은 세상에서 미루나무는 미끄러워 벌레가 없다는 걸 아무도 모를 거야. 사람들은 민들레가 홀씨 되어

흩어지는 것만 알지 그전에 맛있게 무쳐 먹는 것은 끝끝내 모를 거야. 엄마가 내게 알려준 것들, 모든 옛날과 모든 비밀이 빠짐없이 남아서 엄마를 살고 있었다.

나무마다 꽃마다 엄마 목소리다.
길마다 모퉁이마다 온통 엄마 얘기다.

하루

엄마 없이 맞는 첫 번째 생일이었다. 거짓말처럼 꿈에 엄마가 와서 놀았다. 한여름 새까만 코스모스 밭에 서서 엄마는 짧게 자른 은발을 바람에 빗었다. 말은 없고 고요하게 걸었다. 들려주지 못한 이야기가 넘쳤지만 아쉽지 않았다. 아침이 오는 것도 속상하지 않았다.

저녁까지 친구와 후배의 연락을 받았다. 다들 그럭저럭 비슷하게 살아가고 있었다. 밥을 먹고 일을 하고 가끔 꿈을 꾸고 울고 쓰러지고 일어서고 다들 거기서 거기의 삶 같았다. 사는 건 어쩌면 무언가 되는 것이 아니라 되지 못하는 게 아닐까 가만히 생각했다. 결국 우리는 다른 무언가 되지 못해서 지금의 우리가 되었는가. 그럼 몇 번의 계절쯤은 바싹하게 살아내지 않아도 괜찮을지 모른다. 버티거나 살아 있는 것으로 충분할지 모른다. 그럼 참 다행이겠다 싶었다.

대충의 생일은 이렇게도 나쁘지 않았다. 사랑하는 이와 같이 있지 않아도 그이들을 떠올리며 싹둑 나쁘게 번지는 마음을 잘랐다. 대단하게 힘들이지 않고 살아지는 것으로 사는 밤. 온전하고 탈이 없어서 잠을 자고 아무렇지 않게 깨어날 것 같았다. 내일도 그다음도 지나갈 것 같았다.

배신할 수 없는

○

“내 사랑 이 천사!”

병원에서 손을 맞잡고 찍은 사진을 카톡으로 보냈다. 엄마는 환자 띠를 나는 보호자 띠를 차고 있다. 띠는 초록색이다. 흘려보면 여름의 잎으로 엮은 것처럼. 엄마는 답했다.

“그래. 이정숙 이길 수 있어. 아자 아자 파이팅.”

천사라는 말에 힘이 솟았는지 밑도 끝도 없이 우렁찬 답문이 돌아왔다. 죽음을 준비하라는 말을 들은 다음 날이었다.

○

오랜만에 인사차 들른 호스피스에서 수녀님을 만나 잠깐 얘기를 나누는 동안 감정이 복받쳐 올랐다.

“어머니가 다 줬어요. 남김없이 내가 다 받았어요.”

그는 내 손을 오래 잡다가 이리 말했다.

“그럼 이제 정훈 씨가 잘 살면서 받은 사랑을 다른 사람에게 주는 일이 남았네요.”

그 말이 너무 하얘서 몇 번의 밤쯤은 물리칠 것 같았다.

○

엄마의 무덤가 건너에서 60대 부부로 보이는 사람들이 서럽게 울었다. 그들이 떠나고 가보니 젊은 사람의 묘였다. 1988년생. 아마도 딸이었을 것이다.

울기만 잔뜩 울고 아무 말도 못 하고 돌아가는 길에 아내가 남편의 비뚤어진 모자를 고쳐 씌워주었다. 남편은 묘비석을 쓸어내리던 마른 손으로 가방을 받아 들었다.

언젠가 멀리까지 아주 멀리까지 부부가 도착했을 때 딸은 이리 말해줄지 모른다.

“무너지지 않고 살아내줘서 고마워. 엄마 아빠가 그럴 수 있을 거라 나는 믿었어.”

○

같이 사는 동안 엄마가 준 말을 몇 날 며칠 모았다. 무른 손가락으로 또박또박 짚어 마음에 심어준 글자. 이어보니 전부 다 같은 말이었다. 살라는 말이었다. 다시 사랑하고 다시 아프고 다시 헤어지고 또다시 사랑하라는 말뿐이었다. 지울 길도 물리칠 길도 없었다.

배신할 수 없는 말이었다.

다 아는 바다

후배 하나가 다른 나라 땅에서 배 사고로 죽었다. 뉴스에 나올 만큼 큰 사건이었다. 친구의 언니는 심장마비로 쓰러진 채 엄마에게 발견되었다. 동료의 아버님이 돌아가셔서 문상을 갔는데 할머니가 떠난 지 몇 달 만에 아버지가 따랐다는 말을 듣고 잠시 어지러웠다. 가족 중에는 사촌 누나가, 큰아버지가, 외삼촌이 엄마보다 먼저 세상을 떠났다. 같은 죽음이라도 어느 것은 더 황망하고 어느 것은 아주 먼 일처럼 느껴졌다. 남겨진 사람들. 나는 끝내 그들의 마음을 조금도 알지 못할 것이다. 그들도 내 마음을 짐작하지 못할 것이다.

어릴 때부터 죽음에 관심이 많았다. 집안에는 스님도 있었고 무당도 있었다. 여호와의 증인도 있었다. 그들에게서 죽음에 관한 이런저런 얘기를 들으며 혼자 상상의 나래를 펴기도 했다. 다음 세상에선 알 수 없는 사람들이 서로 알 수 없던 안개를 지우고 아주 큰 바다에서 만나는 거야. 그래서 마침내 모두 다 아는 사람이 되는 거야. 서로서로. 언젠가 그리 생각하고 마음 한편이 따뜻했다.

어쨌건 한 가지 소원이 있다면 그들이 모두 만났으면 좋겠다는 것이다. 모두 만난 바다에서 나도 깨어나고 싶다. 모두 알고 모두 이어진 이로 살아보고 싶다. 그곳에도 마찬가지로 죽음이, 먼저 떠나는 이들이 있을지 모르겠다. 하지만 거기에는 적어도 형제 없는 아이가 진종일 울음을 참다가 잠든 아버지를 보고 나와서 희미한 달 아래 훌쩍거리는 일은 없을 것 같다. 모두 알고 모두 가까운 세상에서는 죽은 이의 이야기를 들려주고 싶어서 몇 번이고 전화번호를 뒤지는 일은, 빈방에서 꿈에 다녀간 사람을 부르다 아무도 깨워주지 않는 잠을 스스로 깨는 일은 없을 것 같다.

여리게 물비늘이 반짝이는 그 바다에서 남겨진 이들이 서로의 슬픔을 다정히 만져줄 수 있을까. 낙조가 내리는 파도에 잠시 손을 담갔다가 고운 물방울을 너의 얼굴에 튀겨 눈물 몇 개 지워주고 싶다.

나도 당신처럼 울었고
당신도 나처럼 울지 못했다

발등에 주삿바늘을 꽂았다. 생각보다 너무 아파서 소리를 지를 뻔했다. 알코올 솜을 누르고 있는 동안 엄마가 생각났다. 열 번 스무 번 발등에 바늘을 꽂고도 이런 것쯤은 아무것도 아니라고 엄마는 말했다. 그 말이 자꾸 부어오른다.

아버지는 우울증 약을 먹기 시작했다. 대학병원 응급실에 실려가는 일이 반복되었다. 내 몸에도 이런저런 이상이 생겼다. 혼자 입원 수속을 하고 수술대 위에 누웠을 때, 수술을 마치고 간호사에게 진통제를 더 놔달라며 떼를 쓰다 한숨을 돌릴 때 병상의 엄마를 떠올리고 또 떠올렸다.

3년이 다 되도록 원고를 쓰고 지우고 쓰고 지우는 동안 궁금했다. 시시때때로 날카롭게 찾아드는 송곳 같은 그리움도 책을 마무리 지을 때쯤 익숙해질까. 아직 멀었나 보다. 모든 시간에 엄마의 목소리는, 손짓과 냄새는 나를 찔렀다. 한참 더 연습해야 한다.

글을 쓰는 동안 가장 많이 한 것은 걷는 일이었다. 몇 줄 쓰고 나가서 걷다 돌아와 다시 쓰는 일이 잦았다. 그게 아니면 두 시간, 세 시간 같은 길을 반복해서 돌았다. 걷는 동안에는 엄마와의 시간을 복기하기보다 그저 그리워할 수 있어 좋았다. 문장이 되지 않아도 괜찮은 감정은 보다 원초적이었다. 특히 밤의 걷기는 남의 눈치를 보지 않고 실컷 울 수 있었다. 밖을 걸으며 눈물을 훔치는 일은 혼자 울면서도 혼자 울지 않는 기분이었다.

책을 쓰겠다고 마음먹었을 때 실은 분명한 목표가 있었다. 병을 이긴 엄마 앞에 당신의 이야기를 상으로 내어주고 싶었다. 두 번이나 암을 이겨낸 사연을, 들에서 꺾은 풀로 죽을 쒀 먹던 가난한 집 셋째 딸이 뚜벅뚜벅 건너온 삶의 조각들을 엮어 훈장처럼 돌려주고 싶었다. 그러나 끝내 엄마의 부재를 적는다.

모두들 가장 사랑하는 사람을 가장 늦게 발견한다. 가장 늦은 이름으로 삶의 가장 깊은 곳을 배운다. 그게 슬프고 고맙고 미안하다. 엄마의 이야기에 비춰 삶과 죽음 어디에서 서로 그리운 사람들이 조금 위로받으면 좋겠다. 어느 날 나와 당신이 좁은 식당에서 혼자 밥을 먹다가 마치 알고 있는 사이처럼 찌개를 나눠 먹거나 소주를 따라주는 일은 없을 테지만, 그래도 서로 먼발치에서 눈치채면 좋겠다. 나처럼 어디에서 당신도 울었고 당신처럼 어디에서 나도 울지 못했다고. 우리가 그이를 너무 사랑하고 너무 사랑하지 못한 것이 꼭 같다고. 그것으로 조금 덜 외로우면 바랄 게 없겠다.
이 말도 해주고 싶다. 사람을 잃는 것 못지않게 슬픈 일은 기억을 잃는 것이다. 그를 우리가 오래 아주 오래 기억할 테니 전부 말고 부디 절반만 슬퍼할 수 있다면 좋겠다.

다음에 엄마 꿈을 꾸면 내가 드디어 당신의 이야기를 다 썼다고 칭찬받고 싶다. 애썼다고 투정부리고 싶다. 부끄러운 이야기는 잘 감춰 썼다고, 당신이 너무 슬플 이야기도 잘 추렸다고, 오래 썼다고, 그러니 당신도 오래 읽어달라고.
언젠가 다시 만나게 되는 날 내게 뭐라 말해줄지 궁금하다. 이별은 끝이 아니었단 말이라면 어떨까 생각했다. 웃으며 나도 다 알았다고 답해주고 싶다.